Best Time

白马时光

人生处处是修行

鬼脚七 著

山东文艺出版社

图书在版编目（CIP）数据

人生处处是修行 / 鬼脚七著. -- 济南 : 山东文艺出版社，2020.8（2025.6重印）
ISBN 978-7-5329-6157-3

Ⅰ. ①人… Ⅱ. ①鬼… Ⅲ. ①散文集－中国－当代
Ⅳ. ①I267

中国版本图书馆CIP数据核字(2020)第099853号

人生处处是修行
RENSHENG CHU CHU SHI XIUXING
鬼脚七 著

主管单位 山东出版传媒股份有限公司
出版发行 山东文艺出版社
社　　址 山东省济南市英雄山路 189 号
邮　　编 250002
网　　址 www.sdwypress.com

读者服务 0531-82098776（总编室）
0531-82098775（市场营销部）
电子邮箱 sdwy@sdpress.com.cn

印　　刷 三河市金元印装有限公司
开　　本 880mm×1230mm　1/32
印　　张 9.75
字　　数 220 千
版　　次 2020 年 8 月第 1 版
印　　次 2025 年 6 月第 6 次印刷
书　　号 ISBN 978-7-5329-6157-3
定　　价 52.00 元

活着是珍贵的，大多数人只是存在，仅此而已。

白云要来，乌云也要来，它们终究会离开，
天空始终都在那里，不迎不送。

人生，有时关键不在于抓住多少机会，
而在于拒绝了多少诱惑。

生活总是矛盾的，
看清楚这些矛盾，生活才会变得不矛盾。

年轻时总想着走捷径，现在发现，
真正的捷径，就是不要走捷径。

当拥有敢于失去一切的勇气，
内心便开始滋生力量。

自序

人生若没有苦难

我从小在农村长大。农村给我的印象，并非乡亲淳朴、邻里和睦。相反，村里经常会有人因为丢了只鸡或少了个簸箕而吵架；父母会经常吵架，和亲戚也会闹矛盾，多是因为借钱还钱的事。总之，这些不和睦，大多因为“穷”！我年轻时经历的苦难，很多都跟“穷”有关。那时候最想摆脱的就是“穷”！这里的苦难，并非指战争瘟疫、天灾人祸，而是指个人经历的逆境、困境、痛苦和挫折。

现在回头看，认知变了很多。那些所谓的“苦难”，在当时觉得几乎过不去，现在看来却不值一提，反而给我留下了很多财富。如果不是因为穷，我不会年纪轻轻就独立；如果不是因为穷，我不会对人生有深刻的反思；如果不是因为穷，我不会对修行有兴趣；如果我现在算有点智慧的话，可能“穷”的功劳也很大。

有的人一生顺风顺水，没有经历什么大的波澜，这是一种福气，是他的财富；有的人出身穷困，却发愤图强，拼搏出精彩的人生，这段经历也成了他的财富。

穷，也是一种财富！一般人很难理解，除非他经历过贫穷又从中走了出来。实际上，生活中任何苦难都是如此。

当一个人从苦难中走出来，苦难就成了财富！

我一直喜欢思考一个问题：人为什么活着？看似很傻，但这是个严肃的问题。这个问题，我问过很多人，包括父母亲人、邻居老师、朋友同学甚至路人，回答各有不同。

人为什么活着？有的人一辈子也不会思考这个问题，一直浑浑噩噩地活着；也有人想了一辈子，没找到答案。但我不希望这样。既然人是万物之灵，那活着总得活出点意义。

之前我想从哲学里找答案。我学习东西方哲学，研究老子，参加灵修，又学习佛法。最后，我发现佛法似乎可以给我答案，于是我走上了学佛之路。

我以前认真研究过一个课题：人的愤怒是如何产生的？每个人都会愤怒，有的人经常愤怒。愤怒造成的伤害很大，轻则相互怨恨，重则亲友反目，甚至抽刀杀人。

除了愤怒，还有类似的负面情绪：怨恨、嫉妒、悲伤、抑郁等。这些情绪又是如何产生的？根据世界卫生组织统计，全世界抑郁症患者达 3.5 亿人，每年因抑郁症自杀的死亡人数高达 100 万。可见，研究这个主题不仅能缓解自己的痛苦，也极具社会意义。

情绪究竟是如何产生的？又如何才能消除？为何烦恼会层出不穷？人生的意义，就在这些问题的背后吧！这些问题本身就是修行的入口，经由这个入口，得以更好地认识自己、他人，乃至人和人之间的关系。于是我走上了修行之路。十多年前，开始研究东西方哲学；九年前，开始研究灵修；七年前，开始爱上禅修；五年前，短期出家，托钵行走两千公里，发起抄一亿部《心经》

的活动；三年前，我放下一切世俗事务，只身到山间长期修行；如今，嗯，写了这本书。

从 2013 年到现在，这是我出版的第五本书。从最初的《做自己》《爱生活》，到《没事别随便思考人生》《人生所有经过的路，都是必经之路》，再到这本《人生处处是修行》，这几本书的出版过程，也是我对人生对世界认识的进化过程。最初探寻如何做大事业，现在探寻如何增长智慧；最初研究如何与世界相处，现在研究自己内心的念头；最初只是观望修行，现在成了一位真正的实践者。

三年前，我在山间跟随一位老师，每天晨钟暮鼓，诵经打坐，偶尔也写写文章。这本书的内容，就是我这几年文章的精选之作，包含了我目前对情绪的认识、对人生的认识、对自己的认识。

什么是修行？

我以前以为打坐能双盘，四小时纹丝不动，就是很好的修行；我以前以为看过很多经书，佛理经典随时脱口而出，就是很好的修行；我以前以为每天能诵经持咒，吃斋念佛，就是很好的修行；我以前以为能有些神通，能看人过去预知未来，就是很好的修行……现在观念不一样了。

修行就是降伏自己的心啊！

当心被降伏了，愤怒不再是愤怒，烦恼不再是烦恼，情绪不再是情绪，苦难也不再是苦难。

如何降伏自己的心？

极端的方式，是长期一人独处。但绝大多数人不会如此，也缺乏条件。另一种方式，是选择在生活中修行。工作不顺，夫妻不和，子女不孝，亲友背叛，甚至还有疾病车祸、自然灾害不期而至，这些遭遇可能会让人苦恼、愤怒、抑郁，甚至感觉“生无可恋”……我把这些都称为修行的对境。能把这些负面的遭遇，都化成修行的资粮吗？若真能如此，生活就成了修行的道场，人生处处都是修行。

这就是我写此书的出发点。在这本书中，我讲述自己的经历，回答朋友的问题，还介绍了一系列在生活中修行的方法：在病痛中修行，在嗔恨中修行，在吃饭中修行，在吵架中修行，在教育孩子中修行……

世上没有一种药，可以治愈所有病人，也没有一种修行方法，能解决所有人的痛苦。我走过的路，并不能适合所有人，我提出的方法，也不可能适合所有人。但如果你经常被情绪困扰，或者人生经历过不少波折（痛苦），又或者对增长智慧感兴趣，建议你看看这本书，相信你定有所获，且会与我共鸣。

这本书，不一定能解决你的负面情绪，也不一定能减少你的痛苦。但看完这本书，你或许能懂得如何从痛苦中获得能量，懂得如何从苦难中增长智慧。

从来没有人能完全避开苦难，而且也没有必要。

人生若没有苦难，该多无趣啊！

文德（鬼脚七）

2020 年 6 月 8 日

于青海果洛

目　录

Contents

目 录

Contents

第三章 烦恼即菩提

第四章 换个角度看世界

我们从来不需要放下一切，

而是要放下对一切的执着。

第一章

岁月的痕迹

我仔细查看流逝的岁月，

留下来的，

有悲伤和甜蜜，痛苦和欢笑，

其中孕育出的智慧，

成了岁月的痕迹。

理发记

有人把头发比喻成三千烦恼丝。确实很形象啊，头发多，烦恼也多，关键是头发剪了还会长，烦恼也是如此，去了还会来。

阳光从窗户钻进来，在床和地板上画出图案。

打开门，不远处是曲折的多科河，绿莹莹的河水，不紧不慢向东流去。河对岸连绵高山安详躺卧，众多松树布满山腰，静谧地晒着太阳。再过些天就可以去那里采蘑菇了，老师说那里有世界上最好的羊肚菌。山顶上有积雪，人们说那是神山。

天很蓝，蓝得能让人流泪；几朵白云懒散地待着，极其缓慢又漫不经心地变幻着形状；偶尔飞过几只叫不出名字的鸟儿，传来清脆的叫声。

我来这里有两年了，很清静，风景很好，但从来看不见游客，是个修行的好地方。有道是：

远恶境故惑渐减，离散乱故善自增。

心澄于法起定见，依静处是佛子行。

我闭上眼睛，深深吸了一口气。

不知道过了多久，我想起一件事，该理发了。在头上挠了几下，嗯，是该理发了。

我转身走进房间，用电水壶烧上水，寻了条毛巾围在脖子上，拿出电推剪，找了个小马扎坐下来，开始给自己理发。

这个地方离县城有点远，约两小时车程，我有时一两个月才下山一次，有时半年也不下山。能自己做的事尽量自己做，理发也是如此。

我也没想过会自己给自己理发。

小时候在农村，有挑着担子上门理发的老师傅，他只会理一种发型：平头。老师傅每次都说我的发型好看，我很高兴。后来到了县城上学，才知道那个发型很土，便再也不肯让那老师傅理发了。

再后来参加工作，总觉得理发师水平不行，发型和我的头型不配，不断地换理发店。再后来找到一个水平很高的理发师，就是有点贵，剪一次要两百多块。

现在自己给自己理发，一分钱不花！想到这里，一阵惬意。

左手在头上来回摸索，感觉哪里有头发，右手就拿着推剪，跟随左手的指引，头发纷纷落在地上。

有人把头发比喻成三千烦恼丝。确实很形象啊，头发多，烦恼也多，关键是头发剪了还会长，烦恼也是如此，去了还会来。

人们总以为解决了眼前的烦恼，就会过上幸福的生活。殊不知，烦恼就像头发，剪掉一截，还会长出更多。比如，人没钱的时候很苦恼，一心想赚更多的钱，后来发现，有钱之后的苦恼一点不比之前的少。这就是生活。

我现在的发型很简单：光头。

印象中初中时剃过一次光头，那晚纠结了很久睡不着，第二天不好意思上学，连续好几天内心忐忑。从那以后，再也不敢剃光头了。

现在倒好，每次都是剃光头。

想想以前觉得可笑。有谁会在意我的发型呢？每个人每天都有自己要烦恼的事，我的发型在他人心里根本排不上号，就像我从来不会惦记别人的发型一样。

为何以前那么在意发型，现在却丝毫不在意了？

因为人成长了吧。

儿子之前很喜欢玩托马斯小火车，那曾经是他最在意的东西，谁要是把他的托马斯弄坏了，他会很伤心。如果想让他做什么，只要用托马斯做诱饵就肯定能成。托马斯就像一根绳子，能把儿子牢牢地拴住。

发型也是一根绳子，拴了我几十年。

电推剪在头上振动，头发纷纷落下，有点像断成无数截的绳子，我忽然觉得无比轻松。但瞬间又有些沮丧，脖子上好像还有很多绳子：好名、好利、好色、贪吃、贪睡、贪玩……

几分钟不到，头发剃完了。照了照镜子，还有几处残留些许头发，继续用电推剪扫荡干净。差不多了，从水壶中倒出热水，掺了些冷水，开始洗头。

洗头是一件很舒服的事情，特别是用热水洗头。

在镜子里照了照，头上还冒着热气。嗯，不错，很干净。

有人说我剃光头很像大和尚，说不定我上辈子就是当和尚的。忽然觉得，理发不就是轮回吗？每个月一次，每次换个发型，但我还是我。四季不就是轮回吗？春夏秋冬，周而复始。每一天不就是轮回吗？从早到晚，从黑夜到黎明。

每一刻不都是在轮回吗？每一刻都是上一刻的轮回。

洗了洗毛巾，又擦了擦脖子，伸了伸懒腰，我走出房门。阳光依然很充足，我拿了个凳子，坐在门口，背靠着墙，远眺着高山。天空的鸟儿早已不知踪影，多科河依然奔流不息。

一阵微风拂过，头顶传来丝丝凉意。我看了看蓝天，眯了眯眼，阳光抚摸在头皮上，送来一丝倦意。

我和白云对望着，会意一笑。

打水记

世间很多事，貌似不合情理，殊不知都有因果。

住处西侧有座山，翻过山脊，便是一山谷。谷内清幽，有灌木丛，郁郁葱葱。灌木丛中有一小溪，溪水清澈，由北奔来，抚石而过，又折向西。溪上有一桥，过桥入丛林，见一八角小亭，名为八功德亭。亭内有一泉眼，汩汩出水，长年不断，名为八功德水。据经书记载，凡是清净圣地周围，均能发现八功德水。

八功德亭离我住处两里有余，有小路可走，我常去那里打水。路虽不远，但海拔近四千米，要翻过一山脊，还要打两桶水，就不太容易了。在高原上，所有生物都会放慢节奏，藏民动作缓慢，牦牛走路踟蹰，猫狗追赶也不会太快，连天上的老鹰，飞得也比在平原上慢些。还好，我已适应了这种节奏。

今日同行打水者，还有恒师兄和二师兄。

刚到山脊，三人均已气喘吁吁，打算在此歇息片刻。

忽然，一阵凉风迎面吹来，咚咚泉水声悄然入耳，夹带几声清脆鸟鸣，顿时让人心旷神怡，疲惫全消。抬眼望去，谷底的小溪曲折蜿蜒，不疾不徐，于灌木丛中时隐时现，最后躲向大山背后，消失不见。山谷上空横挂着些五彩经幡，与蓝天白云相映，迎风飘动。

佛经记载，吹过经幡的风，会带有慈悲。

沿山路小心地下到谷底，过小桥，穿丛林，来到八功德亭，忽然发现亭内石板上有一只死老鼠。恒师兄说这只老鼠淹死在水中，上次是他把老鼠尸体捞起放在此处。

二师兄问："为何不拿到山坡那边去？"

恒师兄说："我有些怕。"

我有点鄙视他，心中一动，戴上手套，捏起老鼠尾巴，边念经边提着尸体，走到对面山坡边，挖了一小坑，埋了。

我返回后，二师兄说："来，老衲给二位大德讲个故事。"

话说五百年后，恒师兄再次投胎转世为人，名曰小恒。

小恒师兄那一世才华横溢风流倜傥，长得更是英俊潇洒玉树临风。那真是才子中的才子，潘安里的潘安。

各位，为何恒师兄这辈子长得寒碜？《金刚经》有云："若为人轻贱，是人先世罪业应堕恶道，以今世人轻贱故，先世罪业则为消灭。"那为何五百年后他会貌胜潘安？只因他此生出家修行积累功德，且常采花献佛，故有此果报。

话说小恒师兄遇见一个名为小舒的姑娘。小舒姑娘长得面若桃花肤如凝脂，为人亦是贤良端庄落落大方，算得上是佳人中的佳人，西施中的西施。除了眼睛略小之外，别无缺点。小舒和小恒情投意合，暗许终身。双方父母十分满意，连街坊邻居都赞叹：

真是郎才女貌天作之合。

然而，佛说："诸行无常，诸漏皆苦。"

各位，你们猜怎么着？

离婚期还有七天，小舒姑娘忽然找到小恒师兄，坚决要求分手。小恒师兄问其原因。她满脸泪痕死活不肯说出真相，但态度异常坚决，说："忘了我吧，你是个好人！"

小恒师兄是痴情君子，纵然伤心欲绝，也只好说："我会等！山无陵，江水为竭，冬雷震震，夏雨雪，天地合，乃敢与君绝！"

小舒听后一脸茫然，可能没懂，扭头离去！

过了月余，小舒姑娘和另外一空姓男子举行婚礼，结为夫妇，貌似二位也是两相情愿，恩爱美满。

得此消息，小恒师兄痛不欲生，一病不起。终于，他想起了自己的师父，问："师父啊，这是为什么？"

师父摇摇头，长叹一声，拿出一面小镜，递了过去。

小恒师兄接过镜子一看，里面出现无数画面，一切都真相大白：原来小舒姑娘就是五百年前淹死的那只老鼠，那位空姓男子正是今天把它埋了的行空师兄。

为此，老衲作《西江月》一首，有道是：

五百年前因果，万千劫里轮回。
姻缘自有天为媒，痴女情郎勿悔。
世事一场大梦，众生沉溺无归。
何时梦醒擎风雷，笑看桃红柳翠。

故事讲完，三人哈哈大笑！

装满八功德水，休息片刻后，三人原路返回。

回到住处，我若有所感。

世间很多事，貌似不合情理，殊不知都有因果。

三轮车

那些经历，年轻时觉得难堪，现在知道那是财富。人生中很多痛苦的事情，总有一天我们都会微笑着讲出来。

我最近买了一辆三轮车，每天接送孩子上下学，偶尔也开车去和朋友见面喝茶。这种电动三轮车主要是给老年人代步用的，它速度不快，最高时速只有三十公里；续航里程也不长，充满电最远只能开五十公里；外观也不漂亮，跟我其他车比起来，肯定称不上好看。

但这辆车，用来接送小朋友上下学再好不过了。不怕下雨，不怕堵车，不用找停车位。算下来，一天能节省大约两小时。

有个七星会的朋友碰见我开三轮车，开玩笑问："七哥，开三轮车怕不怕别人笑话？"

多好的问题啊！它唤起了我一些回忆，让我想起自己跟三轮车有关的两个故事。

第一个故事，是关于初恋的。

1996 年，湖南发大水，老家房子被淹，父母不得不到县城找点事情做。那时县城没有出租车，只有三轮车来拉客人，县城人给它取了个好听的名字：慢慢游。我爸就有一辆慢慢游。

寒假期间，老爸身体不好，于是我就替我爸开慢慢游。每次上车两元，不分远近。县城不大，一天能挣五六十元，交完份子钱，还能剩三四十元吧。

当时我不到二十岁，干这种营生，觉得很不好意思。我想，戴个草帽穿旧一点的衣服，别人应该认不出我吧。

一次，上来两个客人："慢慢游，去水仙街！"

我一眼就认出其中一位是我的高中同学，他没考上大学，留在县城了。一开始他应该没认出我来，只是我一路上很纠结：认还是不认？这是个问题！犹豫了很久，快到目的地时，我下定决心了：一没偷二没抢，有什么不好意思的？！

我回头看着他，问："你不是谁谁谁吗？"

他认出我来，很吃惊："是你啊！大学生怎么干这个了？"

我淡定地说："体验生活体验生活！别给钱了，同学还要什么钱？！"

还有一次，在一个菜市场附近，上来一位有点眼熟的阿姨。快把她送到家时，我才记起来她是我同学的妈妈。难为情的是后来她也认出我了！我不肯收钱，她非要给。后来我把车停在一个没人的角落，默默地流泪。那位阿姨是我初恋女友的妈妈。

穷人家的孩子有很强的自尊心，同时也很自卑。那看上去淡定的外表，其实十分脆弱，一点就破。

第二个故事，是关于农民工的。

1998 年，湖南又发大洪水。整个经济形势都不太好，父母从县城搬到了岳阳市区，租了个小房子。自从我上大学以后，父母身上最重的任务，就是为我赚学费和生活费。

他们早上三点多起来做八宝粥，四点左右老爸蹬个三轮车，把我妈和一大桶八宝粥带到蔬菜批发市场。我妈在市场里卖八宝粥，满满一大碗加上白糖，卖一块钱，一早上能卖一二十碗。我爸帮助别人搬菜。放暑假回家，我会戴个草帽，蹬着三轮车一起去干活儿。

菜市场的小菜贩喊："三轮车，过来！"我就赶紧蹬着三轮车过去，要是动作慢了，别的三轮车会过来抢生意。我从大卡车上把菜搬下来，放在三轮车上，然后骑上三轮车，运出菜场，距离不远，一般两三百米，收一块钱。如果菜特别多，要收两块钱。如果送到菜场外更远的地方，价格就需要单独谈了。最远的一次，我装了满满一车菜，蹬着三轮车骑了五六公里，有个桥的上坡骑不上去，我不得不一步一步推着走。最后他给了我十三块钱。这种"长途"运输只能在快要收工时才会去做，否则不划算。

每天早上四点左右过去，七八点就结束了。一般一早上能挣二十来块钱，不用交份子钱，偶尔给菜市场的老大买包烟就好，一包白沙五块钱。

开始那两天我觉得不太好意思，后来就习惯了，感觉还不错。因为在那里根本不可能碰到认识我的人。

这两段经历，年轻时我觉得有些难堪，但现在知道那是财富。现在相信，人生中很多痛苦的事情，总有一天我们都会微笑着讲出来。

我真没想到现在又开三轮车了！

我会不会担心被别人笑话？说实话，我没想过这个问题。假如真有人笑话我，那也是他的问题，与我无关。

三轮车我开了几个星期，没发现有人笑话我。倒是有人用车喇叭“嘀”过我，那也不能怪人家，是三轮车车速实在不快，挡了汽车的路。遇到堵车，有人开车把整个非机动车道占了，后面很多电动车、自行车都被堵住了，大家怨气很重，我也按喇叭表示不满，三轮车的喇叭也挺响的！不过从那以后，我开汽车再也不占非机动车道了。

我不担心别人笑话，但不知闺女会怎么想。

一天，我问她：“豆豆，你喜欢爸爸开三轮车接你，还是开SUV来接你？”

“三轮车。”

“为什么？”

“三轮车环保，还不堵车，比他们都快！”

放学路上，豆豆经常会在三轮车上兴奋地和同学打招呼：“魏子淇！傅宇昊！祝贺！安康……”估计她觉得特别好玩儿。

我很开心豆豆能这样。

但愿我们那一代人根深蒂固的自卑感，在这一代人身上不再存在。

对话

人有时候，无法从外表判断。有些人表面温和，但内心无比坚定；有些人表面狂热，但内心却充满恐惧。

1

当我走进寺庙大门的那一刻，炎热被抛在身后。参天古树，亭廊水榭，潺潺溪流，啾啾鸟鸣。藤蔓缠绕的灌木，错落在道路两侧；青苔包裹的石阶，蜿蜒至密林深处。我拾级而上，身披清凉。在这炎炎夏日，竟有些意外。

低头看路，有几只蚂蚁在忙碌着。有的横着爬有的竖着爬，有的快有的慢。忽然想到：忙碌的世人和它们何其类似啊！我小心翼翼，避免踩到它们。嗡嗡声出现，一只蚊子在我面前飞来飞去。

我用手挥舞了一下，开玩笑道："不要如此亲热，小心误伤了你。"

"死，也是解脱。"嗡嗡声不断。我头脑中浮现一个声音，就当是蚊子的回答。我习惯这么对话，自言自语。

"想死？"

“死在你手里，算是你欠我的。”

“我舍不得打死你。你失恋了吧？”

“不是，是孤独。”

“有那么多蚊子，你也会孤独？”

“当然。周围那么多朋友，你不也孤独吗？”

“你怎么知道我孤独？”

“不孤独，你会跟我说话吗？”

我无言以对，停了片刻说：“你在寺院里多听闻佛法，争取下辈子做人。”

嗡嗡声消失了。

2

看见古树就有亲切感，我某一辈子应该当过树。我最早的网络昵称，叫“冬天的树”。冬天的树，外表毫无生机，是不是活着，只有自己知道。

“你好啊！”我背靠一棵老树，坐了下来，跟它打招呼。有人说，每棵古树都有精魂。我信。

“啊，好久不见！”一片树叶掉下。

“你见过我？”

“当然，曾经看着你长大、离开。”又一片树叶掉下。

“后来呢？”

“老的时候，你回来过，还在我脚下歇息，就像现在。”

“再后来呢？”

“你拿我的树枝，做成了拐杖。”

“再后来呢？”

“一直没消息，然后就是现在了。”

“前世？我不记得了！”

“忘记才好，痛苦也会一起忘记。”

“也有开心的事吧？”

“当然，有个小姑娘，以前经常过来玩，就在我的脚下。”

“你喜欢她？”

“是的，那时你也喜欢她，你们经常一起来，坐在我身边聊天。”

“再后来呢？”

“她很年轻就去世了，你在我身边哭了很久。”

“再后来呢？”

“你出家了。”

我忽然有些伤感，不想再待下去了。

“我要走了，会再来看你。”

“她以前也这么说过。”

“后来她来了吗？”

“还没有。”

“下次我们一起来。不过可能会等很久。”

“没关系。我有的是时间。”

好几片树叶飘然落下。

3

石径旁有个池塘，水里有座白玉观音雕像，观音踩着一条大鲤鱼。

“菩萨，您好！”

“你好！”一缕阳光从浓密的树叶中钻了进来，从观音头顶落下，印在水面，波光粼粼。

“菩萨辛苦了，水池有点小。”

“不小，鱼、虫、虾、蚁，一池众生千千万。”

“这是放生池吧？”

“有人在此放生。”

“为何要放生？”

“众生平等。”

“放生，又有何用？”

“对于有情众生，最大的善，莫过于给予生命；最大的恶，莫过于剥夺性命！”

“鱼、虫、虾、蚁，也有佛性吗？”

“众生皆有佛性。”

“什么是佛性？”

“明还日轮，暗还黑月，清明还霁，顽虚还空。还无所还，即佛性。”

“既然众生皆有佛性，为何还有苦？”

“轮回流转，无明滋生，妄想执着，颠倒梦想。”

“多谢教诲！菩萨，再见！”

“前面便是观音殿。”

“好的，我去给您烧香。”

“菩萨不需要。”

“啊，为何世人还要烧香拜佛？”

“是世人需要。”池水平静下来。

菩萨的话，值得回味。

4

院子里有一条大黄狗，趴在树荫下睡觉。我路过时，它眯了眯眼睛，很快坐了起来。

“狗师兄好！”

“汪！”

“还是你悠闲，你说这世界的真相是什么？”

“妄！”

“人有烦恼应该怎么办？”

“忘！”

“厉害！”我朝大黄狗竖起大拇指，“你看我今年财运如何？”

“旺！”

“你看我今年佛缘如何？”

“旺旺！”

“哈哈，你看我今年桃花运如何？”

“旺旺旺！”

“不正经！好好修行，否则下辈子还做狗！”

5

观音殿里，一座千手观音在殿当中，身高一丈有余，脚下立着两个童子，明眸皓齿，憨态可掬。大殿两侧还有十八罗汉雕像。

我拜了三拜。

供桌上有一筒签，虽不太信这个，但不妨碍我抽签。

“跪下摇，会更灵。”边上的老法师说。

“哦。”我使劲摇，终于一根签落地。我捡起来，递给了法师。

“三十一签，大吉。你命不错！”老法师说。

“说的什么？”

“平生富贵成禄位，君家门户定光辉。此中必定无损失，夫妇百岁喜相随。”

“晕死！我是问出家因缘！”

“想要出家，先把早晚课背了，否则怎么讲经说法？”

“为什么要讲经说法？”

“弘扬佛法！”

“为什么要弘扬佛法？”

“普度众生！”

“能成佛不？”

“普度众生，本身就是佛。”

“在家如何修行？”

“把人做好。”

“怎么才算把人做好？”

“孝养父母，夫妻和睦，帮助他人，恒顺众生。”

“能成佛不？”

“恒顺众生，本身就是佛。”

我好像明白了，又好像不明白，有点迷茫。

我供养了点钱，离开了观音殿。

6

抽签之事，我发了个朋友圈。

好多朋友留言："看来你注定出不了家啊。"

我回复："哈哈，我命由我不由天！"

有朋友留言："有些人，是要对抗某个人；有些人，是要对抗整个人生。"

我忽然想起《悟空传》：

我要这天，再遮不住我眼，
要这地，再埋不了我心，
要这众生，都明白我意，
要那诸佛，都烟消云散！

人有时候，无法从外表判断。有些人表面温和，但内心无比坚定；有些人表面狂热，但内心却充满恐惧。

7

离开寺庙的时候，我念了几句：

南无观世音菩萨！

南无观世音菩萨！

南无观世音菩萨！

我和狗的故事

我曾经养过几条狗，它们就像我的家人一样。

1. 所有的狗都叫招财

我从小就养狗。家里我年纪最小，哥哥、姐姐都嫌我小，不跟我玩，我就跟狗玩。

农村的土狗，也不是都很丑。有一种狗，头部毛很长，个头也不小，看上去像狮子一样。我叫它狮毛狗。记得几窝狗崽子中，总会出现一两只狮毛狗。刚满月的狗崽子，我一摸就知道哪只长大会是狮毛狗。那时抓狗崽不要钱，村里哪家母狗生了狗崽，去跟人家讨要一只就好，一般都会同意。

我家养过的狗，都是狮毛狗。毛长长的，腿也粗，虎背熊腰，力气大，我小时候还能坐它背上。

我家的狗，名字都叫招财！我妈说，招财就是把财运都招过来。我想，要是我爸起名字会不会叫招桃花?

虽然狗一直叫招财，但财运一直没来，家里一直很穷。隔壁家的狗叫旺财，他家的财运也不旺。

我妈很固执，要是大狗丢了，新抓来的小狗，还得叫招财。

只有一次例外。

那时电视播放《警犬卡尔》，我太喜欢卡尔了，新抓来只狗崽，我坚持取名卡尔。我说要是它不叫卡尔，我就叫卡尔！我妈不想儿子改名，只能同意了。

不幸的是，卡尔几个月后就失踪了。这更坚定了我妈的决心：狗只能叫招财！

2. 最后一只招财

我养的最后一只招财，高大、帅气又聪明，比卡尔还聪明。

我和哥哥骑单车去十几公里外的外婆家，招财都会跟着跑过去。

沿途有群狗围追堵截，招财的策略是游击战。先跑一段忽然反身冲进狗群，咬趴下一只，扭头接着跑。跑一路，咬一路。我在单车后座上给它加油！

沿途经过一条河，天气热，我会让招财去河里洗澡。狗天生会游泳，不会淹死。招财很听话，跳到水里，游几圈，偶尔还能叼回一条鱼。

有次招财失踪了两天，后来才知道它独自去外婆家串门了。舅舅给它好吃好喝的。招财要走，舅舅看天色已晚，就留它住了一晚。第二天舅舅交代了半天，在招财脖子上系个纸团，才让它离开。这算用狗来送信。

农村的狗都活不长，大多被村里人偷了卖掉或者吃掉。弄一根长竹竿，顶端用铁丝绑个圈，给狗扔个饭团。狗去吃时，他们用铁丝圈套住狗脖子，急速往后拖。狗连声音都叫不出来，一会儿就死了。

每每想到这里，我就会感觉有根铁丝在勒脖子，喘不过气来。

为了让招财活得久一点，我不让它吃任何陌生人给的东西。招财很聪明，真的不吃，别人给肉都不吃。因此招财活得很久。

招财越长越结实，越长越威武！既漂亮，又聪明，在村里很有名气！我无比得意。

往往人得意的时候，就是悲剧开始的时候。

有一天，招财还是失踪了。我找了很久也没找到。后来听说它被村里一个单身汉用猎枪打死卖掉了！单身汉不种地，以打猎为生。我去他家找了几次，他都不在。我后来只好作罢。其实就算找到他又能如何呢？招财已经不在了。

前几年春节，我去老家的养老院，遇见了那个单身汉。他已经七十多岁了，仍然是单身汉，有点老年痴呆，脸胖胖的，走路不稳，拄着拐杖的手也直哆嗦。

我送了点东西给他，不肯跟他握手。我想起了我的招财，就是那双手杀死了招财。单身汉一辈子过得很惨。

招财死后不久，我上初三要住校了，就不能养狗了。

3. 旺旺和豹儿

我哥去部队参军回来，成天想发大财。最后钱没挣到，还欠了好几十万的债。他只得回到老家，承包水库养鱼。

我哥也很喜欢狗，战友送他一只小德牧。我哥每天问它：“今天我财运怎么样？”小德牧就说：“旺旺！”就这样，我哥就给它取名叫旺旺！

长大后的旺旺，非常漂亮，而且被训练得很听话。它会自己叼着篮子去买菜。我哥在前面走，旺旺会叼着篮子跟在身后。

我跟旺旺关系很好，但我要是伸手打我哥，旺旺会扑过来咬我的手。旺旺爱好和平，家里有人打架，它会过来劝架。我每次拿根树枝假装要打豆豆，它会快速冲过来用嘴把树枝抢走。我说：“这是条佛系狗吧！”

旺旺还会唱歌。它坐在我姐的三轮车上，我姐唱歌，旺旺也会呜呜呜地跟着唱。我开车回老家，经常带旺旺去串亲戚。只要一出门，旺旺就会跟上来，我把后备厢打开，它就跳上去，安静地趴下，等着我开车。

后来，战友又送来一只猎狗，我哥给它取名叫豹儿。豹儿长大后有点丑，但十分威猛：个子高，毛短腿长，尾巴长，很有劲儿，能上山抓野兔，下水咬草鱼。

邻居家有只狗特凶，打架从没输过。邻居偶尔过来串门，说让豹儿和他的狗较个高低。我哥不同意，毕竟豹儿年纪不大没经验。后来经不住邻居挑衅，我哥说：“那好，点到为止。”邻居说：“狗打架管不了的，生死有命富贵在天！”我哥说：“那好吧。”

于是它们打了一架，没有想象中的大战三百回合，只打了一小会儿，两败俱伤。豹儿的腿流血了，对方伤得也不轻。过了两天，听说邻居家的狗死了。邻居说天气太热，狗是中暑死的。

从此以后，豹儿成了当地最厉害的狗，也成了旺旺的男朋友。

4. 豹儿之死

豹儿名气越来越大，我哥觉得很得意，豹儿也很得意。

往往人得意的时候，就是悲剧开始的时候。

老家房子在山边，豹儿偶尔会叼回来一只兔子或者一只鸡，被邻居投诉了好几次。豹儿太凶，隔壁还有一所学校，学生怕豹儿，老师也过来投诉。

我爸受不了。有次趁我哥不在，他把豹儿三百块卖给了镇上一饭馆老板。老板当时就把豹儿宰了，做了一顿狗肉，还喊我爸过去喝酒。

我哥知道这件事后，发狂了！

他说，豹儿是他的救命恩人，哦，救命恩狗。有次他划船到水库中央，差点被淹死，是豹儿过来救他的。现在豹儿被人杀了，他怎么能不发狂！

他听到消息，马上从外地开车回来，说要把饭馆老板打死，弄桶汽油把饭馆烧了！

我妈说："是你爸卖的狗，你打人家干吗？"我哥说："我总不能打死我爸吧！那人明知豹儿是我的狗，也敢杀，我饶不了他！"

我妈害怕出人命，于是给我打电话求助。我很气愤："我爸怎么能这样！这事你得找我爸，他惹的事他负责！"我妈说我爸借口走亲戚跑了。

后来我哥没找到饭店老板，也没把饭店烧了，只是砸坏了人家的大门、几块玻璃、几把桌椅。这事也就这么不了了之。

我哥很久没和我爸说话，我也没跟我爸说话。要是可以换老爸，估计我哥早就换了，我也想考虑一下！

幸运的是，旺旺生了十一只小狗，其中有五只像妈妈，六只长得跟豹儿一模一样。豹儿也算有后了！

旺旺后来还在老家，只是不再那么漂亮了，长胖了，有些毛都变白了，也没以前精神。豹儿死后，旺旺好像一直不怎么精神。

去年回老家，听说旺旺也去世了，我有些难过。

5. 当过妈妈的 Mini

Mini 是一只小泰迪，我养的第一只宠物狗。经不住闺女豆豆缠着要养狗，我花了两千块在狗市上买回来的。

我岳父六十多岁，有洁癖，家里容不得半点脏东西，一天扫地擦地得有八十次。他这辈子从来不养狗，因为他觉得狗不干净。

那时岳父跟我们住。为了不让狗把家里弄脏，岳父每天带着 Mini 遛弯让它大小便，给它洗澡、擦脚、换衣服。慢慢地，他们关系越来越好！

Mini 一岁多时交了男朋友，怀孕了。岳父每天给 Mini 喂食，半夜起来还弄点牛奶、肉末给 Mini 加餐。他说 Mini 个子太小，不吃得好一点，小狗生不下来。

为了迎接Mini生小狗，岳父做了很多准备，在客厅搭了个大狗窝，准备好了剪刀、尿布等。后来这些都没用上。他有天早上五点多起床，发现Mini已经生下了四只小狗，干干净净，什么血迹、脐带、胎衣都没有。岳父说Mini真棒，第一次当妈妈居然什么都懂！

岳父照顾得更细致了，买肉、煮汤、加火腿、拌牛奶，Mini胃口不好，岳父一勺子一勺子喂。丈母娘看了以后，很是嫉妒："照顾自己的外孙也没见你这么认真过！"

四只狗崽慢慢长大，朋友过来领养。岳父说别都送走了，给我留一只啊。四只送走了两只，岳父带走了一只回老家。我留了只最小的，佛诞日生的，取名叫诞诞，也叫蛋蛋。

小区里有个邻居很喜欢蛋蛋，让我三千块卖给她。我说不卖。总感觉卖自己的狗，就像卖自己的小孩一样。

蛋蛋后来也送到老家去了，Mini留在家里。

6. 寂寞的小七

小七是只金毛，它排行老七，所以叫小七，还不到半岁。

小七本来是朋友家的。他城里的房子小，小七长大后没法养了。朋友在郊区买了别墅，把小七放在那里，专门请个钟点工打扫卫生，喂个食什么的。周末朋友才能去看小七，住一晚上。

我说把小七放我家来住一段时间吧，听名字跟我就有缘。

小七就这样到了我家。我是大七，它是小七。

小七有个偏好，喜欢咬人袖子和鞋子。咬住就不松口，打它也不松口，还呜呜直叫。后来才明白，小七以前被关得太久，看见人来就不让走，所以咬住袖子和鞋子。此时你要拍拍它的头说："我不走的，陪你玩的。"它才慢慢松口。

自从有了小七，我早上七点起床，绕着小区跑几圈，晚上也要带着小七转几圈。运动量从以前的不到两千步，提到了一万步。

这么坚持下去，我的健身计划有着落了。

真好！

7. 祝福 Mini

Mini 五天前走丢了。我绕着小区找了好几圈，查看了小区监控，发动保安、邻居帮我找，都没找到。

估计是被人抱走了。

只要不是迷路不是出车祸就好，我安慰自己！

祝福 Mini！

四十不惑

人生是剧场，四十之前属于上半场，四十之后属于下半场。事情原本都不难，年轻时总想着走捷径。现在发现，曾经以为的捷径都成了弯道，真正的捷径，是不要走捷径。

我今年四十岁了。

子曰："吾十有五而志于学，三十而立，四十而不惑，五十而知天命，六十而耳顺，七十而从心所欲，不逾矩。"

不敢比圣人，四十岁的我，刚"志于学"，才想明白一些事情。今天用文字记录，不为说教，只为警示自己：不虚度光阴，不枉为人身。

梦想和时间

年轻时，想要的很多，感兴趣的很多，渴望成功，但觉得事情都很难，成功离自己很遥远！到了四十再看，发现只要是真决定去做，很多事情都不难。

如果想要成为某方面的专家，每天花五小时学习，坚持十年，不成大师也成了行家；如果想要写好书法，每天花五小时练习，坚持十年，不是书法家也一定写得很好；如果想要做品牌，坚持一个理念，一步一步走，坚持做客户积累，坚持十年，品牌自然成为好品牌；如果要做自媒体，每天花五小时阅读和写作，坚持十年，成不了优秀作家，文字也会练得炉火纯青。

事情原本都不难，年轻时总想着走捷径。现在发现，曾经以为的捷径都成了弯道，真正的捷径，是不要走捷径。

我想对三十岁的自己说一些话：

如果有梦想，真的想实现，去问问自己究竟有多想，愿不愿意用一生来换？如果某天定了个目标，内心说“做不到，毋宁死”，那这就真成了自己的梦想，只管去做！

这些话对现在的自己同样适用。

王尔德说：“活着是珍贵的，大多数人只是存在，仅此而已。”周星驰在电影中说：“做人如果没梦想，那跟咸鱼有什么分别？”

我偶尔会想，如果这辈子像咸鱼一样浑浑噩噩地过着，那还是像咸鱼一样死了好。

四十岁，是人一生最鼎盛的时期。如果把一生当一天来看，四十岁是正午十一二点，接下来五到十年，正是人生如日中天的时候。人到了这个年纪，心智成熟，思维敏捷，有经济基础，有远见，有魄力，有耐心，有人脉，有策略，有方法。只需稍微停下来环顾四周，就能发现不少可以大展宏图的事业、扬名立万的机会。这个阶段，也是诱惑最多的阶段，很容易就搞得比年轻人还要迷茫和焦躁。到了四十岁，关键不在抓住多少机会，而在于拒绝了多少诱惑。

女人和爱情

其实爱情没什么好谈的，人一生有过一次刻骨铭心的爱情，就不容易再次拥有。年轻时喜欢谈爱情和事业，成年后便讨论女人和金钱。成年之后的爱情，常和“性”混在一起。感觉爱上一个女子，很爱很爱，十有八九是想跟她上床，很想很想。不幸的是，大多数人无法区别什么是爱、什么是性、什么是嫉妒。不要觉得这很容易，遇事之前都觉得容易，一旦碰到事，就如同陷入沼泽地，怎么也爬不出来，就算爬了出来，也是污泥满身，狼狈不堪。

过去二十年，我做过不少龌龊事，伤害了许多人。如果自己会因此受到什么惩罚，我会说活该。是的，要为自己的行为负责。这个世界从来没有什么不公平，如果觉得不公平，那只是自己还不理解背后的公平。深信了这个观点，发生任何事情，都不怨天尤人。

女人是天下最难懂的生物，做任何事情都有理由。女人能随时否认说过的话；女人会在任何场合发脾气；女人受到照顾会觉得是应该的，女人欺负男人会觉得是理所当然；前一秒还是清纯文静的淑女，后一秒钟能变成当众骂街的泼妇；如果此刻女人对你热情似火，并不保证下一刻不会对你冷若冰霜；女人对陌生人会彬彬有礼，对亲密的人能歇斯底里；再复杂的女人，都觉得自己很天真；再世故的女人，也觉得自己很单纯；女人是嫉妒心最强的动物，她们的嫉妒心可以来自任何事，包括没有事；女人会永远记住你所有对她的不好，无论你曾经对她多好；女人是天下最难缠的对手，如果还有更难缠的，那就是两个女人……

当然，本质上，不是女人不好，而是我自己劣根性太深，欲望太多。

身体与欲望

活到四十岁才明白，身体是人最大的障碍。老子说："吾所以有大患者，为吾有身。"身体这个障碍，会不知不觉地把人拉入深渊，让人颓废，让人胆怯，让人堕落，让人庸俗，同时还让人觉得理所当然。

美食，只是为了满足舌头到喉咙那几厘米长的味蕾。如果把食物从嗓子眼以下倒进去，食物之间其实没什么好坏分别。但人类为了满足这几厘米长的味蕾，能屠杀其他的动物！这就是食欲。

性欲，动物的本能需求，经常让人沉迷在其中。感觉自己征服了女人，实际上是被性欲俘虏。无论是否承认，那十几秒钟的快感，就像挂在驴子头前的一把青草，没吃到时，总以为无比甜美，吃完之后，又觉得无比空虚。

明知青春时刻在消逝，仍然竭尽全力挽留青春。浓妆艳抹、自拍美颜，这种行为犹如掩耳盗铃，反映了自己内心的脆弱和不甘。

每当人们摆脱不了身体的欲望，就找各种"高尚"的理由。贪吃是要当美食家，好玩是想当旅行家，喝酒是为了应酬，抽烟是为了思考。同时，为了避免身体受苦，人类无所不用其极。世上百分之九十的发明，都用来伺候这个身体。只是痛苦总会过去，快乐也总会过去。

身体不是用来伺候的，时刻记住这句话。其实，身体是痛苦的根源之一。

情绪和痛苦

不敢说我已经了解了痛苦的本质，但每当情绪升起，我都会用它来印证自己的观点。周围时常有被情绪控制的家人和朋友，我眼睁睁看着他们一步步走向深渊，这是怎样的一种感受？而我自己情绪来临之时，又如何从深渊中爬上来？

情绪好像是敌人，人们时刻提防，但防不胜防。

到四十岁才明白，不是这样的。情绪来了，就让它来；走了，就让它走，不迎不送。就像白云要来，乌云也要来，它们终究会离开，天空始终都在那里，不迎不送。乌云、白云、天空都不是主角，“不迎不送”才是重点。不迎不送，头脑就不会编故事。没有故事，就没有伤害！所有的故事，都只在头脑里；所有的伤害，也都只在头脑里，没有例外！记住，是没有例外！

明白了这些就不再有痛苦吗？没有痛苦就会很快乐吗？多么幼稚的问题！每个人都追求快乐，殊不知“追求快乐”本身就是不快乐的根源。如果想要快乐，那么痛苦也一定会来。就像太阳升起了，也一定会落下去！

活到四十岁才明白：痛苦并没有想象中那么可怕，真正可怕的是“想象”，而不是痛苦。相反，痛苦是人类智慧的源泉。看看那些伟大的哲学家、艺术家、文学家，哪个不曾经历诸多苦难？

孟子说：

天将降大任于斯人也，必先苦其心志，劳其筋骨，饿其体肤，空乏其身，行拂乱其所为，所以动心忍性，增益其所不能。

这不是用来自我安慰的话语，而是规律！如果痛苦真来了，不要被它俘虏，而应警觉起来，争取增长点智慧，不要让痛苦白来一趟!

但做到这样不容易，需要修行!

信仰和修行

没信仰的人内心往往会鄙视那些有信仰的人，反之亦然。被嘲笑又何妨？被辱骂又何妨？问出这个问题时，意识到这与约定俗成的世俗规则相悖。修行就是要看见这些相悖之处。只要看见，就会超越。或许只有一瞬间，把握那一瞬间，就是修行。难在看见之后，常会或追或留，迷失在山中。

每个人都斩钉截铁，只相信自己，就像坚信自己明早会醒来一样。有的人一直在学习，但内心之门从不打开。这样的学习，只会加固自己的愚蠢和无知。对，这是在说我，但世上大多数人都如此。这也是为什么，愚蠢也会随着社会的进步而飞速发展。

且不说这些，还是过好当下这一刻吧！只有在当下这一刻，才有我们的生命。

过好当下一刻，就是全然关注所处之事，不要在头脑中加以评判。一切头脑中虚幻的故事，都只是故事。它们发生在头脑，也消失在头脑。要做到这样，需要头脑停下来。这很难，因为头脑一直在学习如何去做，从来没有学习如何停下来。学习让头脑停下来，就是修行。

人生是剧场，四十之前属于上半场，四十之后属于下半场。写首偈诗，以表感慨：

花落花开四十载，始知人生是戏台。
乌云才随白云去，又见日月场中来。

反思金钱

不是不爱钱，我很爱钱，但我胆小。德行不够，而财富太重，一定会被压死。孔子说：“不义而富且贵，于我如浮云。”

总有人问我对金钱的态度，我想起一件事。

几年前我还在某大公司上班，晚上和同事吃饭，有个人说：“钱多到一定程度，就只是数字，没什么意义了吧？”

大家一起把目光投向了另外一个人，他是公司创始人之一，身家有十亿美金以上。他说：“瞎扯！怎么可能只是一个数字，怎么可能没有意义？！”

他没接着讲，我们也没接着问。但明白了一件事：钱再多也不会只是个数字。

有人认为我是有钱人，我只是笑笑。

我不否认，我比刚开始工作时有钱多了，比还在为了还房贷、为了给子女付学费拼命赚钱的人有钱多了。但一个工作十来年的人，就算工资再高，能多有钱？在这个房价六七万一平方米的年代，又有谁敢轻易说自己有钱？幸运的是，我买房比较早，才花了几十万；也拿了些公司的股票。这些财富让我可以不用担心自己和家人的生活。

一次听张德芬老师演讲，她说一个人有两百万的存款，这辈子就不用折腾了。两百万存款，简单做些稳健投资，一年能有十万的收入；自己打份工，一年也能赚几万块，可以过不错的生活。她说不在于钱多少，而在于是否知足。但很多人不知足，有两千万的存款，也没有安全感。

老子说："知足者富。"

虽然钱不多，但我知足，所以我是富人。我知足，并不是因为不爱钱。相反，我很爱钱。

我从小家境贫困，不敢乱花钱。记得初二暑假，我和表哥骑车去县城。天气很热，去的路上表哥买了两根冰棍，一人一根。回程途中，我买了两根冰棍，一人一根。到家后我被爸妈骂了很久，理由是我家穷，不应该花钱买冰棍，不能跟表哥比。从那以后，我再也不敢乱花钱了。之后好多年，别人买冰棍给我，我都不敢吃。

1995 年上大学，食堂早餐有白粥和黄粥。白粥每份一毛五，黄粥一毛二。白粥是大米粥，我没见过小米，以为黄粥是发霉的大米煮成的粥，所以便宜。我每天都选择黄粥，只有得了奖学金或者兼职发了工资，才吃一份白粥，算是奖励。毕业后几年，我看见黄粥都觉得恶心，后来才知道黄粥是小米粥。

大学时谈了个女朋友，异地恋，后来分手了。那时，她埋怨我从没到她所在城市去看过她。我羞愧难当，不敢告诉她，我买了火车票，一个月的生活费就没有着落。

后来参加工作，做任何事都想着怎么才能赚钱，怎么才能省钱。我硕士毕业就结婚了，在天津一家小公司上班。妻子当时辞职在家，准备考研。某天她花十块钱买了一包糖炒栗子，晚上我语重心长地对她说："由俭入奢易，由奢入俭难。"

人来到世界上，有很多功课要修。金钱，就是其中一门必修课。我善于反省，特别是在金钱方面。如果不曾贫穷，我不会对金钱有深刻的反思。

以前要是在路上捡了钱，会既开心又得意。现在要是捡了钱，会觉得麻烦，不知道该给谁，不如不捡。感觉自己拿了这个钱，会失去更多。宁愿让别人欠我的，不愿欠别人的。

以前和朋友一起吃饭，我等着别人埋单，后来一起吃饭，我尽量提前悄悄结了。这样就不欠人家人情了。

最早做七星会，会费一次能收两三百万。后来不敢收了，担心收了钱，提供不了那么大价值，这就算欠人家的了。

以前开线下培训课，每次能收上百万，后来决定不做了。因为我无法回答一个问题：凭什么别人赚钱那么难，而我几天就能赚上百万？

古人云："厚德载物。"我深信不疑。德行不够，而财富太重，一定会被压死。后来喜欢上孔子，因为他说："不义而富且贵，于我如浮云。"

不是不爱钱，我很爱钱，但我胆小。

最近两年，一些自媒体人发展得很好，也很赚钱。身边的朋友帮我策划如何把“鬼脚七”做大，小伙伴跃跃欲试，也有投资人表示投资意向。我也心动过，但最后还是否决了：不要走这条路。如果走这条路，我会痛苦。德行不够，恐怕承受不住。

做自媒体赚钱的方式很多，我之前尝试过不少方式，收会员、放广告、卖围巾、做培训、出书、演讲等。最近两年一直做减法。自己对名利还有执着，担心被名利奴役，最好的选择是远离。

有人问，那你现在就不赚钱吗？我当然赚钱，还有小伙伴要发工资。我对他们说，我们不要赚快钱，要赚辛苦钱。

我们做了“必经之路”项目，发愿抄写一亿部《心经》，我对团队的要求是：不能赚钱，能让团队维持下去就好。后来“必经之路”做成了纯粹的公益项目，抄经产品都免费领取，因为有不少朋友愿意参与进来，提供资金来支持这个项目。

上次有人邀请我参加峰会，说包来回机票还有出场费，我拒绝了。他问是否出场费太低，我说当然不是，几万块已经很多了！我不想赚这种快钱。我宁愿多花点时间写文章，一篇文章有几百块的“赞赏”，一个月也能有上万的收入。赚这种钱我心安，这是辛苦钱。

关于写文章的“赞赏”，也值得细说一下。时刻觉察自己的日常行为，觉察做事的出发点，就是修行。

有段时间，我总在琢磨如何把“赞赏”语写得好一点，让人“赞赏”更多一点。每次推送文章后，我会时不时刷到文章最后，看阅读量和“赞赏”人数。很快，我意识到这不对，这就是贪念。

有个法师给我提建议：“那么多读者给你‘赞赏’，你可以帮他们积福报。”我觉得很有道理。后来遇到募捐的，遇到有寺庙需要供养的，遇到适合做慈善的，我尽量从微信“赞赏”收入中出。有需要立功德碑的，我就写：“文德和他的读者们。”我感觉，这名字很有诗意。

总结一下，我爱钱，但不想赚太多钱。主要担心自己德行不够，承受不住太多的财富；也担心定力不够，一不小心被金钱奴役。

前段时间看《论语》，里面写道：

子曰：“富与贵，是人之所欲也，不以其道得之，不处也。”

多好啊！能做到这样的人，内心一定很宁静。这也是我现在对金钱的态度。

第二章

人间万象

我看着这个世界，

就像看着你，

而我看着你，

就像看着我自己。

向死而生

没人不怕死。但所有人都会死，阎王要我死，我也没办法。我现在过的每一天，都是黄金日子。过一天，就赚了一天。

我爱人的奶奶，今年九十岁。

她耳聪目明，思维清晰，平时玩微信，发语音，发朋友圈，视频聊天，什么都会玩。

有一次我看到奶奶朋友圈转发了一个音乐相册，点开看，是她和家人的几十张照片，背景音乐是《相亲相爱一家人》。我问奶奶是谁做的，她说自己做的，折腾了几天。

人和人没法比，我妈才六十五岁，智能手机总用不好。

奶奶身体很好，腿脚还算麻利，上楼、下楼不用人扶。她说唯一的毛病就是睡不好，每天晚上都睡不着，翻来覆去到凌晨。

我推荐她念《心经》。

奶奶读书少，很多字不认识，对照着王菲唱的《心经》一个字一个字读。一个星期后，她总算把字都认全了。

几个月后，我又遇到奶奶。她说现在睡觉很好了，睡不着的时候念《心经》，第三遍没念完，就困得不行。

我很开心。

我喜欢和奶奶聊天。每个老人，都是一部历史。

奶奶思维非常清晰，家里大事小事都清楚，生活也很规律。她每天下午都要跟邻居打几小时纸牌——歪胡子，输赢最多几十块钱。和奶奶打牌的一般是五六十岁的大叔、大妈。年纪大了，有人打牌慢，奶奶有时会不耐烦，抱怨说："快点出牌咯，你们还有的是时间，我打牌的时间不多了。"邻居哈哈大笑，说："您老人家这么精神，活一百岁没问题，还不知道谁走在前面呢。"

奶奶心思很细。她有自己的私房钱，每个月还有点退休金。她在手机上设置了生日提醒，把那些晚辈的生日都记下来。生日那天，会给个红包、打个电话，见面的还会送个小礼物。

奶奶的子女晚辈们大多在外地，她每年都要去不同城市在不同晚辈家住几天。她说年纪大了，去一次少一次，趁现在还走得动，好好珍惜。

"我现在过的每一天，都是黄金日子。"她说，"过一天，就赚了一天。我不求神也不求菩萨，唯一的要求是，活要活得好，死要死得快！别躺在床上要人照顾！"

"您真的不怕死？"

"没人不怕死，但所有人都会死。阎王要我死，我也没办法。"

奶奶心态很好。

三十年前，爷爷就去世了。后来好多年，奶奶一个人住。

奶奶说从那个时候开始，懂得人随时可能会死。她给自己准备好了寿衣和寿鞋，连遗像也准备好了。过了几年，觉得寿衣不好看，又准备了新款的，还做了新寿鞋。

奶奶每次去子女家住，都会把寿衣、寿鞋放进包里一起带着。

我问为什么。

奶奶说："要是忽然死了，他们找不到寿衣和寿鞋放在哪里啊！"

我愣住了。奶奶做好了随时死的准备啊！正是因为她接受随时会死，所以她一直活得很好。这就是向死而生吧！

前些天又遇到奶奶，她头发乌黑（她自己染发），牙齿都还整整齐齐，精神头十足，看上去绝对不像九十岁的老人。

"谢谢你啊，我念《心经》后睡眠好了。"奶奶说，"还有别的经可以念吗？"

我说："怎么啦？"

"便秘要念什么经？"

尴尬了！这个我真不知道。

努力，到无能为力

我们从来不需要放下一切，而是要放下对一切的执着。执着，是对结果；努力，是对过程。

1

学弟好不容易进了一家心仪的企业，工作了两个月，被老板警告说，达不到要求有可能过不了试用期。

学弟过来跟我请教，问："我已经很努力，为什么还达不到公司的要求？"

"你真的觉得自己努力了？"

"是啊，老板交代的任务都做了，这两个月都没有请假，也从不迟到，有一次周末还加班了！"

"你很想留在那个公司？"

"当然！"

"那你还不够努力。"

"怎么才算够努力？"

"努力到无能为力！"

三个星期后，学弟告诉我，他提前一个星期转正了，老板还说很看好他。

我问他做了什么。他说："上次聊完后，我不玩《王者荣耀》，不看网络小说了，每天第一个到公司，到周三就把老板交代的一周的任务完成，而且是超额完成，找老板领新任务。

"我还会布置小团队的文化墙，组织大家聚餐什么的。每天晚上学习专业知识，周末也来公司学习，顺便写周总结和下周计划。我把一切我能做的事情都做了。就像你说的，努力，到无能为力。"

2

一个朋友结婚十年，工薪阶层，有一个六岁的孩子，买了一套房子。夫妻二人平时上班，虽然辛苦，日子也过得可以。

前些天他很苦恼，过来找我聊："出了点意外，老婆怀孕了，我想让她生下来，但她不愿意。我想，既然有了，就是缘分，生下来好了。但老婆不想生，说我们都没时间管小孩。"

我说："我支持你。"

"我也有点担心，没时间管小孩，会不会对小孩不负责任？老婆说与其让他受苦，还不如不带他来到这个世界。"

"不是的。你对他再坏，也不会坏过剥夺了他的生命！你对他再好，也不会好过给予他生命！"

"嗯。我更坚定我的想法了。"

"既然选择要留下来，你就要去努力。"

"努力了啊。我说希望留下孩子，但也会尊重她的决定。不知道她能否回心转意。"

"不，如果你真想要这个孩子，你的努力还不够。"

“怎么样才算够？”

“努力到无能为力！”

几天后，他跟我说：“七哥，老婆同意生下孩子了！我就说了一句话：老婆，我一定要留下这个孩子，你让我做什么都行！”

我被感动了。

3

晚上，我发了条朋友圈：“努力，到无能为力！”

有个朋友发来消息问：“修行不是要放下一切吗，为什么还要努力到无能为力？”

我说：“我们从来不需要放下一切，而是要放下对一切的执着。执着，是对结果；努力，是对过程。”

4

有时我们以为自己很努力，其实远远不够。

我们舍不得那一顿大餐，舍不得那一晚睡眠，舍不得戒掉成瘾的网络游戏，舍不得牺牲半个月的工资收入……

什么才是努力到无能为力？

我经常想起玄奘大师一人一马在沙漠中的画面，没有水，不知道能活多久。此时他唯一能做的，是向西走，除此之外，无能为力！

5

努力到无能为力，又有什么可以阻挡？

逆境是最好的老师

当我们有“这些事为什么会发生在我身上”的想法时，试着把这个想法变成“发生在我身上的这些事是想要教会我什么”，逆境是最好的老师。

一位很久不见的朋友过来拜访我，当时正值黄昏。

窗外瑟瑟秋风，卷起几片黄叶。夕阳像位暮年的老者，用浑浊的目光留恋着这个世间。

朋友五十多岁，做公司十几年了。他身体健朗，事业有成，儿女双全，父母健在。

寒暄片刻，聊及近况，朋友感叹：“人生不如意，十事恒八九啊。”

朋友的感叹我是认同的，“人生皆苦”嘛。只是觉得朋友应该比其他人好一点。在世人眼里，他算是“成功人士”。

朋友是20世纪80年代的中专生，毕业后分配到某乡政府上班。20世纪90年代初，因工资太低，连弟弟、妹妹上学也供不起，加上单位领导总是挑他毛病，他一气之下买了张车票南下。起初他找了一家玩具工厂打工，后来跟人学修BB机，后来自己修手机卖手机，再后来做外贸，赚了点钱，又遭遇金融危机，一下回到解放前。之后，他开工厂，做实业，慢慢做大起来。

听说此间他吃过不少苦，睡过马路，饿过肚子，最惨的时候，连续半个月，每天靠一袋方便面度日。我问他怎么扛过来的，他说每次泡面时多加些水。那些都已过去，他现在公司规模不小，还算顺利，儿女也大了，算是苦尽甘来。

只是没想到他有如此感叹！

我没问朋友那些不如意之事，估计“可与语人无二三”。就算说了又如何？解决了又如何？新的“不如意”很快又会出现，这就是生活。

水烧开了，哧哧叫唤，壶嘴喷着白气，玻璃上一片水雾。我把火关了，开始泡茶。

“面对生活中的不如意，有没有好的方法？”朋友忽然问道。

“没有。”我回答得很自然。

朋友愣了一下，看了看我，沉吟片刻，问道：“那你是如何面对那些不如意的？”

“在逆境中修行吧。”

“逆境中修行？”朋友有些不理解，又问，“遇到不如意，就打坐念经，化解问题？”

茶好了，我倒了三杯，端起一杯供于佛台，然后坐下，开始品茶。茶是老茶，初感略涩，但回甘很好，嘴是香的，舌是甜的。

“别笑呀，能讲讲吗？我认真请教。”朋友做了个合掌的手势。

“真想听？”

“嗯。”

我抬头看着他，他一脸诚恳，眼角有些皱纹，鬓角有些灰白。岁月催人老啊！

这几年我对世间事业，逐渐缺乏兴趣，徒步走了两千里，拜访了不少高人，看了不少书，还遇到了一个很有缘的老师，或多或少也有些收获。既然朋友认真请教，我也就不推辞了。

“古代有位高僧提过‘十不求’，我一直把它当成面对逆境的修行方法。”

“洗耳恭听！”

“一不求：念身不求无病。身体不生病的时候，贪欲也就会越来越多。古人云：‘欲多则心散，心散则志衰，志衰则思不达。’意思是欲望过多了，则心力分散，意志就会薄弱，就会思力不畅达。相反，身体有病时，人不得不放下很多，也容易看透一些事。病越重，越容易看透一些事。所以，无病不一定是好事，有病也不一定是坏事。

“二不求：处世不求无难。世间之事，谁都想顺风顺水，一旦太顺了，人必然会沾沾自喜、自以为是、骄傲自大、得意忘形。这种心态的产生是不知不觉的，让人防不胜防，很容易引来更大的灾难。”

我一连说了两条。朋友打断了我，从包里拿出日记本和一支笔，开始记录。他眉头微皱，眼睛眯成一条缝，嘴里念念有词。笔是普通的油笔，字写得还挺漂亮的，以前肯定练过。日记本有些旧，写了约一半。

“你经常做笔记吗？”我问。

“习惯了，遇到觉得有帮助的，就用笔记下来。”他抬头看了看我，又低头继续写，“没办法，记性差，怕忘了。”

聊天时会主动拿出日记本做笔记的人，现在很少了。

风小多了，远远望去，东山之上有个银色小圆盘，月亮升起来了。

几分钟后，他合上笔记本，说：“不好意思，您继续讲吧。”

“三不求：究心不求无碍。学习的时候，不求自己一学就懂，有点障碍也不是坏事。否则，也容易增长自负的想法，以为自己真有多聪明。另外，心中有烦闷有恼恨，因此吃不好睡不好，这未尝不是好事。至少说明我们心胸还不够，用之前学过的那些道理，能否化解这些障碍呢？道理是拿来实践的，不是用来讲给别人听的。很多人嘴里说得头头是道，遇到障碍就抓瞎了，还时不时说：懂了无数道理，也过不好这一生。

“四不求：立行不求无魔。魔，是指各种破坏，各种挫折，各种诱惑。行，可以指一个人的理想、使命和愿望。愿望越大，魔就会越多。但这些魔是过来磨砺我们的，看我们够不够坚定，毅力够不够大，道心够不够强。所以，遇到魔来了，把它当成前进路上的伴侣，魔也就不再是魔了。

“五不求：谋事不求易成。事情太容易成功，人就会生狂妄之心，高估自己的能力。做任何事，遇到困难是正常的，没遇到困难才不正常。不求易成，就没有那么高的期望。期望越大，失望就会越大，不如意也就越多。”

朋友时不时记录，估计他积累了不少类似的日记本。我从高中的时候开始记日记，一直记到大学，应该有十几本，那也算是财富吧。

时间很有意思，一件微小的事，坚持下去，时间长了，也会变成独一无二的财富。只是绝大多数人都没这个耐心等待。

朋友时而问两个问题，时而发表一下感慨。他经历丰富，且心态开放，悟性自然不会差到哪里去。

窗外的白玉盘越来越亮，树影清晰可见，斑驳凌乱。

我继续讲。

“六不求：交情不求益我。与人交往总想为自己谋利益，容易亏失道义。为了让自己心安理得，容易看见他人的过错，起怨恨心。其实，快乐都来源于想要利他，而痛苦都来源于想要利己。看看周围那些总想占人便宜的人，过得大多很一般。

“七不求：于人不求顺适。每个人都是独立的个体，交往之中，哪怕不涉及利益，也会有方式和习惯的不同。与人交往，不要希望别人都顺着自己。若周围的人都顺着自己，容易滋生内心的骄慢。能真正做到随顺他人者，绝不是泛泛之辈。老子曾说，强大处下，柔弱处上。这种人才真正强大。

“八不求：施德不求望报。我们经常听到类似的话：我以前对某某如何，他居然这样对我……这就是‘施德望报’的心态。施德望报，会让人心胸狭窄，斤斤计较。施恩不望报，可以发现自己的贪念，破除自己很多执着。

“九不求：见利不求沾分。听到好项目，就想参与，看见好处，自己也想分一点。这看似人之常情，实则是嫉妒心和贪心在作怪。很多人上当受骗也是由此而来。不贪利，哪会上当啊。看见有人获得利益，能做到不求沾分吗？能做到真心祝福他吗？这一点很难。”

我停下来，开始泡茶。

其实每一条讲起来，我都十分惭愧，因为都像在说我自己。例如不愿吃亏，总想占点便宜；总记得自己对别人的好，哪怕只有一丁点；总想表现自己的聪明和强势，让别人顺着我。以前不理解“无明”是指什么，现在有些明白了，再看看自己之前做的那些决定和事情，以为是对己有利，却不知是造业众多。这就是无明啊！正所谓“痴昧取舍犹黑暗”。

我最近能找到点泡茶的感觉了。不是茶有多好，而是泡茶本身蕴含智慧。摆上茶具，放好茶叶，拿起水壶，慢慢倒水，不多不少，刚刚好；浸泡数秒，查看汤色，手握茶碗，缓缓出水，凤凰点头，水滴茶尽，落杯而停……看似简单，如果分解，会有数十个步骤，而且每个步骤都要刚刚好。是的，刚刚好，不多不少，难道不神奇吗？人的动作怎能如此精确？

其他事情也是如此啊！朋友写字，一个汉字那么复杂，每一笔不能太长也不能太短，还相互依傍牵连，为何能写得刚刚好？最平常的走路也是如此。提脚，放下，踏实地面，后脚蹬地，再提脚，身体上那么多肌肉协调，一百多斤的身体，不偏不倚地走在路上，好不神奇！

听说佛陀在世之时，就教过弟子如何把觉知放在当下，走路的时候，也是如此。那时的佛弟子，时时刻刻觉察自己在做什么，走路也是修行。

我还沉浸在泡茶的觉知时，耳边传来一个声音："还有最后一不求，您继续。"

"十不求：被抑不求申明。'抑'大概是委屈、冤枉、误解的意思。被误解了，能不解释吗？能不起怨恨吗？有人说这做不到啊。当然做不到，慢慢学着做嘛。哪天能做到了，就是修行的进步。

"这就是十不求，讲完了。"

"太好了。总结得太好了！"朋友又做了个合掌的手势，说，"谢谢师父开示！我回头好好对照自己，提醒自己。"

"不敢当。别谢我，是古代高僧妙叶禅师说的。我自己也没做到，跟你分享而已。回头你可以看看原文。纸上得来终觉浅，绝知此事要躬行。"

"前几天看见一段话：当我们有'这些事为什么会发生在我身上'的想法时，试着把这个想法变成'发生在我身上的这些事是想要教会我什么'。这跟刚讲的'十不求'，有异曲同工之妙。"

"是啊。有个大修行者邱阳创巴仁波切曾说过，生活是最好的老师。"

“或者说，逆境是最好的老师。”

“对啊！逆境是最好的老师。喝茶！”

泡了十几泡了，茶还很香。

朋友递过来一支烟，问：“你还抽烟吗？”

“我不抽了，你抽吧！”

“你以前抽的吧？戒了？”

“是啊，我老师说人的身体跟坛城一样，很庄严，哪有用烟熏坛城的道理，于是我就戒了。没关系，你想抽没关系的。”

“呵呵，我也不抽了。”朋友把烟又放回了包里。

我们继续闲聊。

夜深了，月华如水，虫声幽咽。

一面之缘

生活中有很多巧合，无法解释，是生命中注定的缘分。

1

几天前，有位记者发微博找我，说有个腿脚不好的小伙子，不带分文，步行一百三十公里要去见偶像，并配有视频。

我当时感到奇怪，这个人要干吗？要学我行走？

我看了那个视频以后，更吃惊了！

一个二十多岁的年轻人，头发蓬松，上身穿一件羽绒马甲，背个背包，一瘸一拐在路上走。背包上还贴着一张大白纸：“不带分文，徒步旅行，义乌到杭州，鬼脚七，find you（我要找到你）！！！”

视频中，他说要去见偶像鬼脚七。对，就是我！

我好奇就算他到了杭州该如何找我？

微博找我吗？我不怎么上微博。他也没有我的微信。公众号给我留言？留言太多，我不一定看得见。我家地址和办公地址他也不可能知道。算了，那就看缘分吧。

2

这两天杭州下雨，气温很低，但玉兰花开了。玉兰花树有些特别，它先开花后长叶。花瓣又大又肥，洁白圆润，一旦开花，满树都是，很是盛大隆重。

今天，阳光明媚。我早上送完小朋友上学回来，想去工作室看看。车刚开出小区，快到文一西路路口时，我看见有个小伙子迎面走来。他走路一瘸一拐，怎么有点眼熟呢？忽然记起来，不会是那个来找我的小伙子吧？

我下车，他也朝我走来。

“是你？”

“嗯！七哥！”

没有多余的话，我让他上车。他打开车门，用手拉住把手，努力把腿拉上来。我过去帮忙，他说不用。我带他去了梦想小镇，我的工作室在那里。

他走台阶很不方便，要用手扶着栏杆，没有栏杆的地方，他就弯着腰。我过去帮忙，他说不用。

坐下后，我让慧远给他泡茶。

3

下面是聊天时我了解到的信息。

他出生于 1991 年，来自安徽农村，有点轻度脑瘫，天生腿脚不好，但智商没问题。高中时成绩不错，但家里太穷，父母年纪大了，他觉得应该赚钱孝顺父母，于是辍学打工。来到义乌，他许下了两个愿望：一是赚一百万，二是把父母接到义乌来养老。

于是他拼命工作。比他大六岁的哥哥，在外打工，喜欢打牌，三十多岁了也没找到媳妇，没存下一分钱。他觉得哥哥不懂事，于是就让哥哥到义乌来，一起开网店，让哥哥帮自己发货什么的。去年出了点事情，他把网店卖了，还找银行贷了十万的款。

今年，他又开了网店，但生意一般。他压力很大。

看了我的书《人生所有经过的路，都是必经之路》，他很感动。他决定从义乌出发，不带分文，一路乞讨行走，到杭州找鬼脚七，希望能得到一些建议和指点。

4

我见到他的时候，他一瘸一拐，低着头走路。他说大腿肌肉拉伤了，脚趾大拇指的指甲壳也掉了。

“你一路乞讨吗？”

“是的。第一天有人给了我两个馒头，我吃了一天。第二天，我口渴，想吃碗面，走了几家都没有人愿意给我。晚上我扛不住了，在贴吧发帖，有人帮我，加我微信，给我发来个红包。我没点开，我微信里还有零钱，就当他请我住下了。”

“要饭是什么感觉？”

“第一天我觉得挺兴奋。第二天别人给我馒头的时候，我觉得他是在施舍，心里有些难受。”他说着说着，把头低下了。

我能理解他的感受，更何况，他腿脚还有点残疾。

“找我，我能帮你什么？”

“我欠银行的钱快到期了。之前每个月还一千的利息，但现在要还本金了。我没那么多现金，现在店铺也卖不掉，不知道该怎么办。”

“找我借钱？”

“不是不是。我想坚持下去，只是压力大。我不想欠钱不还。现在我的店铺每天有两三百的利润，但我相信会越做越好。”他很难为情，又把头低下了。

能看出来他自尊心很强，不会轻易找人借钱，更何况我还是个陌生人。

我给他提了些建议：

“可以和银行的经理商量一下，每个月还三千块，一千块算利息，另外两千还本金。他们会同意的。自己努力把店铺做好。另外，记得经常抬头看，抬头能看见阳光，低头只能看见自己的影子。”

5

我问：“你这次有什么收获？”

“这个过程，是最大的收获！”他说。

中午，我们又聊了一会儿，聊过去，聊人生，聊“必经之路”。

慧远要请他吃午饭，我离开了。离开之前我对他说：“别担心，困难会过去的。连要饭的日子都能过，还有什么好担心的呢？”

是啊，我现在遇到压力，也对自己说，连要饭的日子都能过，还有什么好担心的呢？

6

他说晚上会坐高铁回义乌。

我祝福他！

回想整个过程，我会在马路边遇到他，也许就是注定的缘分吧。人世间所有的相遇，都是有原因的。

接纳你的孤独

生活中很多事，并没有答案。怎么做，都不会有对错，关键在于，你是否真实地活过。

有个名叫清风明月的读者给我留言：

七哥，我四十三岁了，出身贫乡，父母有疾无薪。现育一儿一女，工作、生活稳定。无不良习好。与妻不睦，经月不语。离了担心子女，不离如陌路人。请指教。

看得出来，这是个文化人，思路清晰，语言精练。五十六个汉字包含诸多信息：介绍自己、描述现状、提出问题。

我思忖半晌，回复他。

你的问题是：离婚，担心子女，不离婚，又形同路人。该何去何从？

咱们先不看问题，看看你的现状。

你从农村出来，要抚养儿女、赡养父母，现在能生活稳定，你收入应该不错，是个“成功人士”吧。你走到现在，一定很不容易，努力过，奋斗过，委屈过，也快乐过。

你真的需要我指教吗？不，你根本不需要指教，我也不可能指教你。你经历已然很丰富，你提出问题的时候，并不期待会有什么答案。你需要的只是理解，需要有人理解你的难处，理解你的不容易，理解你的孤独。你感觉我能理解你，所以留言了。是的，我理解你，理解你的难处，理解你的不容易，理解你的孤独。

你四十三岁，我也四十多岁，这是一个孤独的年纪。

张爱玲说：“中年以后的男人，时常会觉得孤独，因为他一睁开眼睛，周围都是要依靠他的人，却没有他可以依靠的人。”

这句话就是在说你，父母有疾无薪，下有一儿一女，与妻经月不语。多么让人心疼的孤独啊。

但事情没有你想的那么糟糕。

你说与妻子经月不语。没事，很多男人在家也不想多说一句话。

你说担心儿女，担心父母。没事，他们有自己的命运，和你是否离婚关系不大。

你没有选择离婚，并不真是担心儿女，也不是担心父母，你只是在担心孤独。你担心离婚后，自己会更加孤独。不离婚，至少从表面上看来，你不孤独。虽然你已经孤独很久了，但你还是不愿意让人知道你的孤独。

别担心，不只是你一个人孤独，大家都如此。

人生来就是孤独的，几乎每个人都是如此。人们看上去很近，其实离得很远。就像银河里的星星，看上去很近，其实相隔数万光年。

人孤独地出生，也孤独地死去。有的人不觉得孤独，是因为他还没有安静下来。他还在为欲望而奋斗，此时，孤独隐藏在背后。

人们害怕安静，害怕独处。一个人的时候，要么看手机，要么看电视，因为他们害怕孤独。孤独就隐藏在安静的背后。

人们为了消除孤独，交友，结婚。两个孤独的人，在一起就不会孤独吗？不是的，他们同样孤独。就像两个盲人在一起，生活依然黑暗。

其实，没什么。生活中的快乐和痛苦，都只是孤独的外衣。

去接受你的孤独吧，孤独并不是什么坏事。正因为孤独的存在，你才是独立的。

当你接受孤独，你会发现，世界都会发生改变。

当你接受孤独，孤独就成为你的一部分。你以往排斥的一切，都不复存在。

当你接受孤独，你可以试着跟妻子聊天，聊你的孤独，也聊她的孤独。如果她不理解，也没关系，本来就没有期待她能理解。

你可以选择离婚，也可以选择保持现状，这些并不重要，重要的是你能否和孤独一起，真实地活着。

生活中很多事，并没有答案。怎么做，都不会有对错，关键在于，你是否真实地活过。

不用伪装，不用畏惧别人的眼光，不用找借口，真实地活几十年。

如果你能活到八十岁，你希望接下来的三十七年怎么活？

不用担心子女，他们比你想象中的更坚强。你所做的一切，都是在给他们的人生做榜样。

假设你现在八十岁，有个机会让你回到三十七年前，你会做哪些改变？

假设你现在八十岁，你儿子向你提了同样的问题：

爸爸，我现育一儿一女，工作、生活稳定。无不良习好。与妻不睦，经月不语。离了担心子女，不离如陌路人。请指教。

你会如何给他答复？这也正是你自己需要的答案。

祝你幸福！

不再设防

我愿意接受所有可能的结果，如果真的被伤害了，那就是注定会发生的。抱着这种心态做事，做事效率提升了很多，不设置条件去提防别人，内心也轻松了很多。

1

我的助理叫海浪，很踏实的一个小伙子。他帮我做公众号文章排版，有时对接广告业务。时间久了，他觉得工作有些无聊，写了个策划案，大致想法是如何把“鬼脚七”账号做大，做得跟“罗辑思维”一样。被我否决了。

我说：“不要想玩这个公众号，别给我压力。如果你真的想做事业，申请一个独立账号，我来支持你。”

他真弄了一个公众号叫“牛气学堂”，专门请一些网络“大咖”在线上直播分享课程。我觉得挺好，帮他做老师的推荐、课程推广什么的。两三个月，做了几期精品课程，学员反响不错。

有一天，海浪跟我讲：“七哥，遇到一个难题，我们现在没能力把关课程质量。”

“你担心什么？”

“如果老师本身有名气，但他不讲干货怎么办？他只想借助我们的资源和平台来扩大自己影响力，拉走粉丝怎么办？所以我想找专家来把关课程内容，对学员负责。”

“你请的讲师是各领域权威的‘大咖’，应该充分信任他们。”

“他们要是过来忽悠我们的学员怎么办？可能最后课程没有卖出去多少，粉丝都被他们拉走了。”

“不是没可能。但若决定跟他们合作，我们就要通力合作。”

“嗯，我思考如何规避风险。”

“一旦决定合作，就要充分信任他们，不用设防。再说，如果他们真想骗你，你防得住吗？因为信任，才会简单。如果真被伤害，那也只能接受结果！那也是因为我们自己眼光不行，以后不再跟对方合作就是了。”

“好，明白了！”

2

以前一个有才华的小伙子想加入我的团队，我也觉得他很不错，于是我们一起喝茶。

“七哥，你们做的事情我了解了，我自己的公众号怎么办？”

“如果你加入我的团队，我计划用资源推广你的公众号，同时会帮助你扩大圈内影响力。”

“对我有什么要求吗？”

“以后方便的时候，你用账号帮公司推荐业务就可以了。”

“要是您推荐了我的号，又帮我扩大了影响力，我很快想离开公司怎么办？”

“那就离开好了，别有压力。”

“您不怕我带走客户带走资源？”

“如果真是那样，我也认了。”

3

我最近在学习书法，朋友的女儿十岁，也在学书法。朋友给我讲了他的经历。

女儿的书法老师很年轻，二十出头，书法专业毕业才一年多。经过五六次接触，朋友觉得那个老师很踏实，人品不错，而且书法功底非常好！有一次上完课，两人闲聊。

“老师，您这么喜欢书法，可以在学校继续深造啊！”

“我是计划读研究生的，不过我得先工作，把学费和生活费赚到，不能再让家里负担了。”

“您在这里上班教课，就是为了赚学费？”

“嗯。”

“那这样吧，我借您十万块当学费，您什么时候有钱什么时候还我就行。不用再打工浪费时间了。”

我问朋友：“你不担心他借你钱不还？”

“应该不会。但如果真不还，我也认了。谁叫我看错人了呢。”

我很认同朋友的观点。

这三个都是最近发生在我身边的故事。

自从五台山行走回来后，我思考问题简单了很多，顾虑少了。分析一下，有两个原因：一是我愿意接受所有可能的结果，安全感增加了；二是如果真的被伤害了，我觉得那就是注定会发生的吧，就当帮自己修行了。

抱着这种心态做事，做事效率提升了很多，不设置条件去提防别人，内心也轻松了很多。

我做了十年的程序员，知道编程实现一个产品，如果有十万行代码，可能只有一半代码是用来实现产品功能的，另外一半代码是用于预防各种错误产生、处理各种极端和异常情况的。同样的道理，如果人和人之间有了信任，不用设防，效率则会大大提升。

尼采的《查拉图斯特拉如是说》，写得跟诗歌一样，看上去疯狂，但充满哲理和智慧。其中有一章叫《人间的智慧》，是这样写的：

我的第一宗人间的智慧是：让我自己被欺骗，而不使我自己防卫着欺骗者。

谁不愿在人群中渴死，便得学用一切杯儿饮水；谁想在人群里保持清洁，便得学用污水自洗。

而这是我常常自慰的话："勇敢些！鼓舞起来吧！老而益壮的心！你在一个厄运里失败了：享受它如你的幸福吧！"

有人好奇，那三个故事后来结果如何？结果不重要。故事的结果好，不代表你这么做结果也好；故事的结果不好，不代表你这么做结果就不好。

写到这里，我头脑中浮现一个场景：

有人赤手空拳来到刀光剑影的战场上，淡定地看着周围，微笑着说："来啊，来相互伤害啊！"周围的武器，都避开了他。

被需要是一种幸福

父母年纪大了，什么事都不让他们操心，并非好事。帮不上子女，他们会认为自己没用，挫折感就出现了。找些不大的事让父母操心，让他们觉得被需要，他们就会感到幸福。

我老家在农村，我在外工作十几年，每年回去两三次，每月给父母寄点钱，偶尔打个电话，生日送个红包，也就这样了。有时觉得自己挺不孝的。估计很多人跟我一样，让父母物质生活过得还可以，就心安理得了。做儿女的这么想，老一辈人也这么想。

但这就是孝顺吗？父母真的幸福吗？

两千五百年前，孔子说：

今之孝者，是谓能养。至于犬马，皆能有养；不敬，何以别乎？

是啊，现在孝敬父母就是给点钱发个红包，和养狗、养马有什么区别？相比之下，我对狗比对父母还要好。我每天早晚都会陪狗散步，但很少陪父母散步……

写到这里，惭愧至极！

父母那一辈不容易，一辈子穷，经过社会的动荡，没吃好的，没穿好的，每天只是拼命干活儿。他们没有安全感，总担心哪天社会变了又没饭吃了。现在老了，子女生活条件还可以，吃喝穿住不用愁，但他们开始迷茫了，没什么文化也没啥爱好，该干点什么好呢?

如何让父母觉得幸福？这是个问题。

前些天的一件事，给我一些启示。

我认识一个很有才华的小姑娘，东北人，从北京到杭州来上班。她讲了她爸的变化。

“我到杭州来，我爸很支持！他不喜欢北京，不是不喜欢，而是讨厌。

“没有别的，只因为北京房价太贵。北京房子动不动就好几百万，我爸觉得没能力帮助女儿买房，他那点积蓄凑首付还差好大一截。我爸快退休了，就我这么一个女儿，辛苦了一辈子，却不能帮女儿买房。每次想到这件事，我爸都很沮丧，有很强的挫败感！

“我现在到了杭州，房价比北京低不少，我爸觉得有希望，他还想着以后过来在这边找点事情做。我爸工作不忙，没事总操心我，想帮我但不知道能做什么。

“后来我开了公众号，我爸比我还兴奋！他把我写的文章转发到他所有的微信群，号召所有亲戚朋友，帮我拉关注。他时刻关注文章有多少评论，有谁‘赞赏’了。每当文章阅读人数很多，我爸比我还开心！”

小姑娘说：“挺意外的，没想到我的公众号给我爸带来那么大变化！”

我忽然明白一个道理：父母觉得自己没用，就会有很强的挫折感；而被需要，会带来幸福。

我想起我父母。

我妈身体不好，我爸总说：“家里的事你什么都不用干，每天照顾好自己就好了。”但时间一长，我妈每天无所事事，心情也不太好。后来家里养了鸡，我妈倒精神起来了，每天喂它们，早上数一遍，晚上数一遍。每次出门，她都不放心，总说：“家里还有二十五只鸡呢。”

这些年每次回家，父母都准备好多东西，腌菜、土鸡蛋、水果、团子、糍粑等，让我带回杭州。如果我说不需要，他们会失望。后来我每次都尽可能多带，还嫌少：“妈，我就喜欢吃您做的辣萝卜，杭州都买不到，要帮我多做点啊，我下次再带过去。还有土鸡蛋也要，味道就是不一样。”

我妈听了会很开心，能感觉到她的幸福。

我爱人的奶奶，今年九十了，以前是名裁缝，这门手艺是她的骄傲。现在我们穿的鞋垫，家里的沙发罩、暖气罩，都是奶奶做的；其他缝缝补补的活儿，也都留给奶奶做。当客人来了，我们会说这些都是奶奶做的，她都九十岁了，活儿还这么好。每次听到这些，奶奶都会很得意，我能感觉到她的幸福。

前些天我和朋友去东阳办事，顺便看看她老家的父母。朋友的妈妈问要不要做午饭，朋友说：“不用了，去外面吃饭好了。”

我说："别啊，让阿姨做饭，我要去你家吃饭。"

朋友说："他们做起来很麻烦的，都七八十岁了，做得也不一定好吃。"

"不。他们肯定很乐意为我们做饭的。口味如何不重要，关键是大家开心啊！"

朋友同意了。等我们到她家的时候，两个老人正忙得不亦乐乎。

午饭吃得很欢乐，老爷子还拿出二胡演奏了几曲，我陪老人喝酒，吹笛子。临走，老人还给准备了几包自己做的特产，我很大方地收下了。

老太太和老爷子脸上一直挂着笑容，嘴就没合上过。

是啊，被需要是一种幸福。

一个人觉得自己没有用，根本谈不上幸福。

父母年纪大了，什么事都不让他们操心，并非好事。帮不上子女，他们会认为自己没用，挫折感就出现了。找些不大的事让父母操心，偶尔跟他们请教工作问题，偶尔聊聊人生大事，偶尔让他们准备点家乡特产，让他们觉得被需要，他们就会感到幸福。

为什么会这样？

"施比受更有福。"应该是这个道理吧。

第三章

烦恼即菩提

夜空里，总有数不清的星星，

正是这些星星，

组成了夜空。

生活中，总有解决不完的烦恼，

正是这些烦恼，

组成了生活。

苦恼从哪里来?

每个人只能看见自己想看见的世界。

今天讲三个故事。

我家闺女叫豆豆。

前些天，豆豆在写作业，她妈妈生气了，大声说：“说了好多遍，怎么又不注意姿势！你这样下去很快就成近视眼了！还会成为驼背！怎么说你都不听！以后不管你了！”

豆豆妈生气时，声音很大，把小朋友吓哭了。事后豆豆妈自己也很难受。

等豆豆妈气消了以后，我和她开始对话。

“你觉得这样好不好？”

“我知道这样不好。但当时控制不住情绪啊。我担心她，说了很多次也不听，情绪就来了。”

“我也觉得她的姿势需要纠正，但我不苦恼。同样一件事情，怎么你会苦恼，我就不苦恼呢？”

这个场景相信很多人都熟悉吧。同样一件事情，我不苦恼，豆豆不苦恼，但豆豆妈苦恼，豆豆妈的苦恼从哪里来?

很好的问题：苦恼从哪里来？

我想起了我老师讲的一个故事。

小区里有个老人，得了老年痴呆症，如果出门没人陪，很容易找不到家。

一天中午，老人自己出门了，在小区门口的花坛边一直绕圈，绕了一下午，都回不了家。

傍晚，儿子下班才把老人接回来。他觉得很内疚，伤心地说："老爸，这么近，你怎么就不认得路呢？"

老人说："我一直在回家的路上啊，路上好漂亮啊，都是花！"

老师问："儿子的痛苦从哪里来？"

有人说从老人那里来。但老人一点不觉得痛苦啊！而且没看见的人不会觉得痛苦，不了解病情的人就算看见了也不会觉得痛苦。

很好的问题：痛苦从哪里来？

还有个苏轼的故事。

苏轼是位大才子，佛印是个高僧，他们两人经常一起喝茶、参禅、打坐。

一天，两人在一起喝茶。

苏轼问："你看看我像什么啊？"

佛印说："我看你像尊佛。"

苏轼听后大笑，对佛印说："你知道我看你坐在那儿像什么？就像一坨牛屎啊。"

这一次，佛印又吃了哑巴亏。

苏轼回家就在苏小妹面前炫耀这件事。

苏小妹冷笑一声说："佛印说看你像佛，说明他心中有佛；你说佛印像牛屎，想想你心里有什么吧！"

三个故事讲完了。

有位哲学家说，每个人只能看见自己想看见的世界。

我认识一位师兄，为人处世方面比较随性，有时有人讽刺他，他也不介意，或者根本听不出来别人的讽刺。

有人说他笨。我笑着说："人家才不笨，否则能读到博士吗？他这是内心纯净！"

上次有个领导开会，会上不点名批评了师兄多次。后来我问他对这次会议怎么看。师兄说："领导说的大部分问题我都没有，但有一点我很惭愧。"

我问是什么，师兄说："他提到要好好问问自己有没有菩提心，我觉得自己菩提心还不够！"

听了师兄的回答，我很感动！

感谢生活中的所有烦恼

生活带给我很多烦恼，但每次烦恼之后，自我都会有明显的成长。不是为了接受而安慰自己，而是我终于明白，遇到的烦恼都是菩提。

杭州终于出太阳了，只是天气忽然又冷了起来。为了配合天气变化，我也感冒了。感冒也不是没好处，至少很多不愿做的事情可以不做，不想见的人也可以不见。

一个人在小区漫步。路两旁的银杏树，叶子青中带黄，偶尔落下几片，我捡了起来，留着做书签；不知名的小黄菊，星星点点地开放了，点缀着这一路的风景。

今天是感恩节。一旦遇到节日，无论是国内还是国外的，微信都异常热闹，群发消息的，单独问候的，朋友圈晒图片的……

以往在大家热闹的时候，我习惯一个人待着。我觉得这样做有个性，不同于大众，显得不俗气。今天我忽然“看见”自己这个思维模式，然后笑了，于是我决定参与，写点什么。

今年发生了很多事情。我不断做减法，又不由自主地做加法。

我跟朋友说到中年了，要做减法了；我跟朋友说，在我这个年纪，最难的是拒绝诱惑。生活就像一棵粗大的树，我用一把生锈的斧子，反反复复地砍啊砍，不知道何时是尽头……

说到感谢，要感谢家人的支持，感谢工作伙伴的信任，感谢朋友的温暖，感谢所有支持我写作的读者们……这种感谢的话好像说不完了。

前几天有个朋友问我："这辈子你最恨谁？"

我想啊想，实在想不出最恨的那个人。名字倒是有几个，但起因都是自己先对人家不好，自己曾经做过太多傻事。一定要恨的话，最恨以前的自己。只是这个恨，现在也过于牵强，牵强得内心没有多少愧疚感。"自我"虽有百般不是，但它还有个好处，能为自己的不对找到各种理由。如果没有这个功能，很多人估计会愧疚而死。

愧疚感，是所有情绪里最没有用的。快乐能带来温暖，愤怒能带来力量，但愧疚除了让人陷入痛苦外，什么也带不来。更重要的是这种痛苦永远无法排除，直到自己不再愧疚为止。

继续感谢吧。最应该感谢的是生活。

生活就像一个大学校，从出生开始，每个人都被安排了独一无二的功课体系。小时候的自卑，年少时对感情的执着，青年时对金钱的渴望，再后来对事业的狂热，中年时对责任的认知，以及老年对孤独的恐惧，这些都是大功课。还有一些小功课，比如受不了势利的小人，受不了开车的加塞儿，受不了爱人的唠叨，受不了老板的脾气，受不了"公司政治"，受不了朋友的背叛……

只要没到死的那一天，一门又一门功课会接二连三地出现。一门功课也会一而再再而三地挑战我们，就像补考一样，直到我们通过为止。

以前谈恋爱时吵架，每次吵架都觉得自己很厉害，事后还有点得意。现在想来实在惭愧：吵架时愿意妥协的，一定是更在乎对方的那个人。在战场上，妥协意味着失败；在生活中，妥协意味着超越。

回想这些年，越来越真心地想要感谢生活。生活带给我很多烦恼，但每次烦恼之后，自我都会有明显的成长。

不是为了接受而安慰自己，而是我终于明白，遇到的烦恼都是菩提。

所有的烦恼，来自外在生活跟内心期望的不一致。所有焦虑、悲伤、愤怒、不安等情绪产生时，向内看，一定能发现自己的某个执着。看见这个执着，就能尝试去超越，智慧就增长了。谁都希望自己能充满智慧，但不超越那些烦恼，增长智慧谈何容易啊！

前面有一棵高大的银杏树，叶子落了一地。树上还有不少叶子，阳光落在上面，显得亮黄鲜艳。微风吹过，又有一片树叶，在空中踩着阳光，翩翩飞舞，落在我脚下。我弯下腰，拾起树叶端详起来。它形如蒲扇，色似秋菊，纹理细密整齐，脉络凹凸清晰。这只是一片落叶啊，我不由得赞叹自然之神奇！

来年，这棵银杏树定会长出更多新叶子吧。新叶和落叶，总在交替。新叶也就是后来的落叶，落叶又会滋养大树长出新叶。在这新叶与落叶的交替中，银杏树成长了。

别做一个稻草人

你想象中的别人的快乐，不一定真的存在；就算存在，也可能只是稻草人的快乐，不值得你羡慕。

有一个读者向我提问：

我每天都在做重复的工作，每天都很留意别人的眼光和评价。我担心别人小看我，于是假装自己很强大。我害怕别人说我另类，又假装很快乐。但我静下心来的时候，觉得生活真的没有意义。

为什么别人可以活得那么快乐？

——稻草人

读着这个读者的问题，感觉她说的仿佛就是曾经的我，也许，也是此刻的你。

我给她回复，是这么写的：

亲爱的稻草人，谢谢你的提问！你就像一个哲学家，描述那么深刻，问题那么有代表性！

你说你每天都在做重复的工作。

每个人都一样，每天都在做重复的事情，而且不只工作方面如此。

人们每天起床、吃饭、上班、回家、睡觉。人们每天都在计划做某件事，每天又都在后悔干了某件事。人们每天都在生气，每天又都在和解……其实从来没有发生什么新鲜事，但每个人都以为自己在做新鲜事。他们筹划明天的计划，到凌晨两点；他们想到人生的未来，彻夜难眠。

偶尔有一天，他们忽然意识到："咦，好像每天都在瞎忙啊！"但另一个念头马上冒出来："生活就应该是这样！其他人都这样！"于是，他们就释然了，继续重复。

你说你每天都在留意别人的眼光和评价。

其实每个人都是如此，每天都在留意别人的眼光和评价。

注意周围，你早上遇到同事，她兴奋地问："你看我今天的发型怎么样？"你下午遇到朋友，她认真地说："我穿这件裙子显瘦不？"你男朋友穿了一件新衣服，他不会问你帅不帅，但他一直在你面前走来走去，他是在等待你的评价。

你害怕别人说你另类，于是你假装很快乐。

装着快乐，并不能让你真的快乐，反而一直在提醒你有多不快乐！

你害怕被孤立，于是假装合群。但你心里清楚，这些都是你装出来的，你跟他们根本就不是一个群体的。事实上，谁和谁都不是一伙儿的，其他人跟你一样，也是孤立的。当然，这是他们自己想象中的孤立，跟你自己想象中的一样。真相并非如此。

你担心别人小看你，于是你装着很强大。

装着很强大，并不能使你真的强大，反而会让你觉得自己更懦弱。

我明白你为什么要取这个名字了。“稻草人”，是个很好听的名字。诗人纪伯伦讲过一个故事。

农民为了赶走麻雀，扎了个稻草人。

给他戴上帽子，手上系上破旧的丝带。有风的时候，丝带飘舞。

稻草人每天都站在田埂上，那些麻雀都不敢再来。

这天，诗人遇到了稻草人，就问他：

“你总是孤独守望在这片寂寞的土地上，你一定厌倦了吧？”

“能使他人恐惧，是一种深沉持久的快乐，对此我永远不感厌倦。”

你看看，你不就是这个稻草人吗？一个没有心的稻草人。

当然，不只你如此，社会上很多人都是如此。

他们举起拳头大声说话，就是希望别人怕自己；她们用最好的化妆品，就是希望别人夸自己美；他们努力赚更多的钱，就是不想被人看不起；他们努力学习，是为了得到老师和家长的表扬；他们装着什么都懂，是为了让别人敬重自己……

这些不都是稻草人吗？稻草人从来不向内看，也不敢向内看啊，他担心一旦发现自己没有心，会害怕。于是他装作不知道，继续过着恐吓鸟儿的日子。

看明白了吧？

很多人跟你一样，不要觉得自己另类。你想象中的别人的快乐，不一定真的存在；就算存在，也可能只是稻草人的快乐，不值得你羡慕。

我知道你好受了些。但还不够，你还要回答一个问题：要不要继续做一个稻草人？

你是要继续恐吓那些傻鸟，还是要做一个活生生的人？

如果是后者，那我们继续探讨。

学会接纳！

你快乐，就表现出快乐；你悲伤，就让自己悲伤；你觉得自己强大，就表现强大；你觉得自己弱小，就弱小好了。对自己诚实，做自己，不要伪装。不用去想别人会怎么看，别人怎么看是别人的事情，你快不快乐是你的事情。

讲完了。简单吧？是的，就这么简单。

你可能会说："我也知道不应该在意别人的看法，但我做不到啊！"

那再教你一个方法：保持觉知。

觉知是一个词，有人称之为觉察，有人说看见……无所谓，你理解它是什么就可以了。

当你担心别人怎么看你的时候，你看着你的"担心"，哦，"担心"出现了。

当你害怕别人瞧不起你的时候，你看着你的"害怕"，哦，"害怕"出现了。

记住，只是“看着”，只是意识到，不做评价，不要说这个“担心”不好，我不要“担心”。只是“看着”，这就是觉知！

你会发现你能觉知到“担心”，但你不担心；你能觉知到“害怕”，但你不害怕。当你保持觉知的时候，“担心”不在了，“害怕”也不在了。

可能很短时间之后，你的“担心”和“害怕”又回来了。没关系，继续保持觉知。

有时你没及时看见，已经担心、害怕很长时间了。没关系，当你意识到你在担心、害怕的时候，你再开始保持觉知，一样有作用。

练习多了，你的觉知会来得更快。“担心”一旦出现，“觉知”马上也会出现。这时，你就成了一个活生生的人了！这不是我独创的方法，禅宗就是这么讲的：“不怕念起，只怕觉迟。”

接下来，你可以把“觉知”继续放大，放到每天的生活中、工作中，包括行住坐卧、一言一行。你会发现神奇的事情，你的生活不再无聊。你每天不再是做重复的事情，你每天只是在“看着”，一切都自然发生。

你会发现你什么都没做，但什么都做好了。你会明白《道德经》里的一句话：“无为而无不为。”

此时的生活，不再无聊，而是神奇的、好玩的、充满生机的！

当然，生活还是没什么意义。但这时你只是“看着”这个“没有意义”，你发现“看着”本身就是意义。

真相本来很简单，但头脑喜欢搞得很复杂。

所以当你这么做的时候，头脑可能会告诉你："这么做多傻啊！别信！那个家伙神神道道的，这么做没有任何用处！"

于是，你认同了头脑，不再理会。

之后的生活，重新步入重复。你又开始担心和害怕，留意别人的眼光，继续觉得生活无聊。

直到某一天，你遇到另外一个你认可的"人生导师"，发给他一段话：

老师，问您一个问题：

我每天都在做重复的工作，每天都很留意别人的眼光和评价。我害怕别人小看我，装着很强大。我担心别人说我另类，装着很快乐。但我静下来的时候，觉得生活真的没有意义。

为什么别人可以活得那么快乐？

——稻草人

跟我一起去要饭可好?

人一旦害怕失去，他就套上了枷锁。当拥有敢于失去一切的勇气，内心便开始滋生力量。

有个朋友给我留言:

七哥，看了您的书，了解了您的经历，我觉得您内心很有力量。我觉得自己很软弱，害怕失去。如何才能像您一样强大，如何才能让自己充满力量?

如何让自己充满力量?这是个很好的话题。

生活中有很多人，时时刻刻都在害怕失去。

先讲两个故事。

第一个故事:

大约是 2004 年，一个小伙子，名校硕士毕业，很聪明，也很上进，在一家大公司做程序员，是公司骨干，月薪一万多。那时北京四环的房子每平方米才四五千。

按说这小伙子拿着高薪，前景也不错，生活应该很惬意。但并非如此，他活得很焦虑，总担心以后的生活。以后如果失业怎么办？以后如果生病了怎么办？

后来他买了一份保险，每年交一万多块，到六十岁以后每个月领 1500 块，一直到死。他觉得这对自己是个保障。

第二个故事：

两年多前，我认识一个女生，名校硕士毕业，很有才华也很聪明，长得还漂亮，性格不错，工作不算辛苦，而且薪资不低，还在杭州买了房。那时她还不到三十岁。

不幸的是她谈了一个有点“渣”的男友。一次，男友和她闹分手，那一段时间，她情绪很低落，也很害怕。

我问她害怕什么，她说害怕嫁不出去了，害怕没人要。她还悄悄在婚恋网上注册了账号……

故事讲完了，说说我的感受。

第二个故事，我听了她的描述，内心可以用“震惊”来形容。真是没天理，这么好的条件，居然还在担心嫁不出去！

她的痛苦不是来自失去爱情，而是来自对单身的恐惧。

第一个故事，可能更加讽刺。

那个主角，就是我自己。你也觉得我很幼稚吧。

如果有人觉得鬼脚七现在内心很强大，那他可以看看十几年前的鬼脚七，也是那么焦虑，内心也很脆弱。

2015年年底，我短期出家过一次，从五台山托钵乞食走到峨眉山。

行走结束后，生活中依然会遇到很多麻烦事，依然有不少让人心烦、让人担心、让人害怕的事。

每次遇到这种情况，我会问自己：如果真的一无所有了，日子还能不能过？这个问题只要问出来，内心就好像开始滋生力量。我要饭的日子也能过，还担心什么呢？

如果儿子、女儿跟我一起要饭，对他们而言不也是一种体验吗？

事情再坏还能坏到去要饭吗？

现在社会上的人，如果能有一两年要饭的经历，也算一种人生财富吧？人生七八十年，如果有一两年很落魄，不也是一种经历？想到这些，我觉得再也没什么好怕的。

于是，我在朋友圈里写道：当拥有敢于失去一切的勇气，内心便开始滋生力量。

再讲两个故事。

一个朋友，是省级政府官员，算是仕途大好，政府给他配专车配司机，还有专门的生活助理和行政助理。他很享受地位带来的权力和财富，但又觉得人生不应该这样过。

后来他辞去了公务员的职务，到了一家民营企业上班。

麻烦很快就来了。

以前他生活中很多琐碎事情都是助理做的，而现在他不得不亲力亲为。他不会洗衣，不会做饭，甚至连取款机都不会用……

过了半年，他才能像正常人一样生活。

后来我俩相识，他说我文章中的一些观点他很认同，给了他很大力量，有点相见恨晚的感觉。

我问他："失去财富和地位，不后悔吗？"

他说："失去的不是财富和地位，而是贪婪和执着。"

另一个故事：

我认识一个明星，他信佛，所以我们成了朋友。他虽然不是那种很火的明星，但也有千万粉丝，曾经演过几部很火的电影。

明星到哪里都会被认出来，而且都是被粉丝拥护着，收入也不低，可谓名利双收。

他每次接受采访和开粉丝见面会，看上去都是阳光灿烂的样子，但我们一起喝茶时，他经常愁眉苦脸。他说内心觉得很压抑，怀疑是不是得了抑郁症。

也难怪。他不敢公开自己已经结婚，也不敢公开自己有三个漂亮可爱的小孩，甚至不敢公开自己信佛。

我说："得到了名利不好吗？社会上绝大部分人都在追逐名利。"

他说："得到的不是名利，而是枷锁。"

故事讲完了，说说我的感受。

第一个故事，我觉得他很强大。

我活到了四十多岁，评价一个人，不再看这个人有多富有或者多高地位，而是看这个人经历了什么。或许年纪越大，越会如此判断。

一个人真正的财富，是他的经历。

很多人喜欢听马云的创业故事，并不只是因为阿里市值很高，还在于马云的故事很曲折很励志。马云曾经遭受各种挫折和不顺：三次高考失利，到肯德基应聘被拒，做翻译社、做中国黄页失败，后来阿里巴巴也差点倒闭。再后来，他终于时来运转，做成了中国最大的电商公司。

生活中如果没有一些起起落落，该有多么无聊。所以，你在害怕什么？就算一无所有，不也能让人生经历更加丰富吗？

第二个故事，那个明星朋友内心不算强大。

他跟很多人一样，羡慕我内心强大。他比我更有钱更有名更有影响力，但他觉得他没我内心强大。他之所以强大不起来，是因为他害怕失去现在拥有的一切。

我在想，作为一个演员，如果他敢表现真实的自己，说不定会更成功，更有名气。我跟他提过，他说这个圈子他比我懂，那么做风险太大。

是啊，风险太大！

人一旦害怕失去，他就套上了枷锁。

回到最初的问题：如何才能像我一样内心强大？如何才能让内心充满力量？

写完这些文字，我好像又明白了许多。

那么，你呢，跟我一起去要饭可好？

为何你会过得这么苦?

太看重结果，就会过得很痛苦。多关注过程，多体验过程。这个过程就是生活，这个过程也是结果。

有一天，我正和朋友喝茶聊天，微信上收到一条消息：

七哥，我很痛苦，忽然觉得生活没有意义！

最近五年我一直在努力，但这次晋升经理的名单上还是没有我。外面随便来一个工作两三年的人，级别都比我高，待遇比我好。我在这个公司工作了五年，每次晋升都没有我！同时入职的人，要么离开了，要么晋升了。我很努力，但一无所获！

我觉得自己很没用，生活没有意义！我想放弃了，离开这个世界。

朋友在一旁看到，大吃一惊，说："这是要自杀吗？"

我的私人微信号之前对外公布过，有不少陌生人加了好友。于是我经常会收到各种消息，有失恋的，有失意的，有群发的，有问候的，类似这种想自杀的消息也有，但不多，每几个月总会收到一两条。

朋友问："遇到这种问题，你怎么回答？"

"我一般不回答。"

"人家要自杀啊，你太冷血了吧？"

"他不会自杀的。"

"为什么？"

"如果他真想自杀，哪还有心思跟我发消息啊。"

"他要是真的自杀了，你负得起责任吗？"

"为什么他自杀，我要负责任？"

"因为你知道他要自杀，但没有劝导。"

"我说了，他不会自杀的。"

虽然我很肯定他不会自杀，但心里还是有点挂念。晚上又收到了他的信息，于是和他聊了起来。

"七哥，我想清楚了，决定再苦拼一年！"

"还是为了晋升？"

"是的。"

"那你还是没有想清楚。"

"怎样才算想清楚了？"

"如果你想清楚了，你会明白：过程，就是结果。"

我估计他没有看懂，于是决定讲明白这个道理。

评价一个国家，要看这个国家的经济和军事实力；评价一个公司，要看这个公司的市值或盈利如何；评价一个产品，要看这个产品的用户数或者带来的效益；评价一个项目，要看这个项目最终完成的效果；评价一个自媒体，要看这个自媒体的粉丝订阅数或文章阅读数……

这些评价都是在看结果，评价一个人也是如此。

十年寒窗，如果没有考上大学，无论学到多少知识，这个人都会被认为是失败的；工作数年，如果没有当上领导，无论做得多么优秀，这个人都会被认为是失败的；创业多年，没有拿到融资，没有赚到很多钱，无论做得多么开心，这个人都会被认为是失败的。

很正常，整个社会都是如此。

但正常不代表就是正确的，至少对评价某一个人来说。

试着回答下面的问题：

如果把时间拉长，一个人从出生到死亡，怎么去评价这个人的一生？如果不是去评价别人的一生，而是评价自己的一生，你会看重什么？

如果你是父母，对自己的子女，你会希望他的一生如何度过？

如果明天就要死了，你现在会做什么？

停几秒钟自己先想一想……

如果明天就要死了，你可能会无比留恋现在的一切：家人、朋友、恋人、花花草草、空气、你的手、你的脸……

如果明天就要死了，你可能会认真地看每一样在眼前的东西，体会每一种感觉，珍惜每一个片刻。

不用这么伤感。

再看看之前提的几个问题，所有的回答中，有没有晋升？赚了多少钱，貌似已经不是那么重要了。这些回答中，已经没有结果，只有过程。

评价别人，可以用结果；而评价自己，只能用过程。

评价别人为什么不能用过程？因为你不了解他的过程。评价自己为什么不能用结果？因为结果只是过程的一部分。

那个给我发消息说想自杀的朋友，为什么过得那么痛苦？因为他评价自己是用结果，完全忽略了过程。

你经常说："今天白忙了一天，什么都没得到！"

其实，如果你只关注结果，往往什么都得不到，一旦结果不理想，你就浪费了一天。如果你关注的是过程，无论结果如何，你都会收获良多。

举个例子：我明天计划写一篇文章。

只关注结果的做法是：从早上到晚上，我都在构思文章，写文章。最终可能写完了，推送了，我的任务完成了，心情很爽；或者没有写完，我的任务没有完成，心情不爽。

关注过程的做法是：早上天气不错，昨晚做了个美梦，刷牙的水还有点甜，上个厕所很舒服；早餐咸菜的味道很好，老妈居然还准备了油条；路上的树叶很绿，树上有几朵花居然开了；前面有车追尾了，那个人好可怜啊；咖啡馆人很少，放着那首《蓝色多瑙河》；文章该怎么构思呢？冒出几个创意……

那个要自杀的小伙子，他的目标是晋升，但他的工作一定不是晋升。工作的过程才是生命，晋升不是。如果他不体验那个过程，最后就算晋升了，这几年工作也白做了。

换一种方式思考，如果这个小伙子在这个公司工作了四十年，四十年的最后一天他晋升了，然后他去世了，这时候他的人生算是有意义的吗？从结果来看，这个人的一生没有意义，而且太艰辛了。

如果这个小伙子每天都很开心，跟同事相处，跟家人相处，跟客户相处，都很开心，发现周围的美，发现工作的乐趣，工作也有一定成绩，生活得也蛮惬意，最终无论是否晋升，他这四十年都很有意义。

以前我以为一个人开悟了，就彻底随心所欲。现在才知道，得道的人，不但不随心所欲，反而是“行于大道，唯施是畏”。佛法说，降伏心的过程，就是降伏心的结果。

为什么你的生活那么难？那一定是你太看重结果。如果不想生活得那么痛苦也很简单，多关注过程，多体验过程。这个过程就是生活，这个过程也是结果。

是的，过程就是结果，结果也是过程。

你工作的过程，本身就是结果，晋升还是不晋升，都有结果了。

你恋爱的过程，本身就是结果，最终是否结婚，都有结果了。

你创业的过程，本身就是结果，最终是否成百年老店，都有了结果。

你人生的过程，本身就是结果，死亡是结果，也是过程的一部分。

写了这么多，不知道自己是否讲明白了。

愿你过得不再那么苦。

什么样的人生才算精彩？

其实，真正的你本来就是圆满的，没法增多，也没法减少。

人只相信自己，哪怕否定了以前的观点，也是因为更相信现在的自己。

有读者问我：

既然佛说人生是虚幻的，我们为什么还要努力过好它？想要摆脱虚幻的人生，所以修行，追寻那个空、那个道，这是不是我执？但放下我执才能悟道，这是不是矛盾？放下我执，过自己虚幻的人生就好。

看到这个问题，我想起以前的自己，对佛法的理解不深，有些自以为是，很是惭愧。今天想试着回答这个读者的提问，也算是给年轻的自己一个回答。

佛从来没有说过人生是虚幻的。

《金刚经》有云："一切有为法，如梦幻泡影，如露亦如电，应作如是观。”

这句话是讲所有的一切，都如梦如幻，但不是梦幻；如泡如影，但不是泡影；如露亦如电，但不是露水，也不是闪电。

这其中有两层意思：一方面告诉你，人生无常，变化快，你看见的都不长久；另一方面告诉你，你以为的“世界”，只是你头脑编出来的故事。后一层意思不容易理解，来看两个例子。

一天，回家路上，你看见一位大爷躺在地上，你心想：唉，又遇到个碰瓷的，现在是老人变坏了，还是坏人变老了？过路的小明看见了，赶紧上去救人。虽然是同一个大爷，但在你和小明眼里，已经完全不同。你和小明的世界已经不一样，哪一个是真实的？你可能觉得要看老人之前是否碰瓷过。但即便老人以前确实碰瓷过，可这次是真摔倒了呢？

一天，你出差回家，太累了，洗洗就睡了。你老婆见你如此冷淡，心想：他不喜欢我了，对我越来越疏远，唉，也许外面有人了吧。她想了一夜，失眠了。此时，你睡得很香，什么都不知道。同样一件事，在你和你老婆头脑里不一样。你和你老婆的世界已经不一样，到底哪个是真实的？

佛说人生如梦幻泡影，是告诉人们真相，并不是说人生是虚幻的。

佛也从来没说过要你努力过好你的生活。

要过好你的生活，这只是你以为的，就像我以前以为的一样。

要过好生活，那什么才是“好”？

你老婆认为感情专一就是好，但你认为三妻四妾才是好。你认为安静是好，但你老婆觉得应该热闹一点。

佛陀说，一切都是因缘和合。因缘和合就是指事情因为各种条件组合在一起而发生。就像人的身体，是具备了各种条件才有的。佛陀说，一切都空无自性。空无自性是指没有一个个体是独立主宰的，一切都是条件成熟自然发生，也是因缘和合。

有人不理解："我明明可以控制，怎么说是因缘和合？我可以挠头，我可以打架，我可以骂人，这些不是因缘和合，都是我做的！佛陀是不是讲错了？"

当然不是，你以为是你做的，但"你"在哪里？不会以为身体是你吧！如果条件不成熟，你怎么能打架？如果连嗓子都没有，你又怎么能骂人？这些都是条件。

看一个更直接的例子。在大街上看见一位女性，请你去爱上她，没办法！无论你多努力，你也无法爱上她。甚至你越努力，越无法爱她！因为，爱是自己发生的！

一切都是因缘和合、空无自性。

一切都是自然发生，没有好坏之分，一切都是最好的安排。

你想摆脱虚幻的人生，这种想法本身就是虚幻的。就像你看见虚空中有一朵花，你想要捏碎这朵花，怎么可能？你要捏碎一个本来就不存在的东西，这根本就办不到。你可以捏碎一朵玫瑰，可以撕烂一朵塑料花，但你无法捏碎一朵不存在的花！但你不信啊，你发誓一定要捏碎这朵花！这就是执着。

佛说：不要执着于任何东西，它们都是因缘和合而生的。佛陀教你不要想着去捏碎花，因为花并不存在。你反驳说：你让我别去捏碎花，这也变成了一种执着，岂不是矛盾？！

矛盾的是你的头脑。头脑是有逻辑的，而真相是非逻辑的。你用有逻辑的头脑，去解释非逻辑的东西，本身就是矛盾。

什么是非逻辑的？

还记得你谈恋爱的感觉吗？你没有理由地喜欢上对方，你每天都想她，见到她的那一刻，内心如小鹿乱撞，脸上热辣辣的。她只是看了你一眼，你马上觉得自己是世界上最幸福的人。你愿意为她做任何事，为她放弃所有，甚至愿意为她去死！这符合逻辑吗？不符合逻辑。恋爱是心的结果，恋爱就是非逻辑的。

后来你和恋人在一起了，你们会因为一些琐事吵架。她抱怨你不记得她的生日，你觉得她小题大做；她抱怨你对她没有以前好，你觉得她变得越来越絮叨……你们开始比较，你们开始计较，开始符合逻辑。婚姻是头脑的结果，婚姻就是符合逻辑的。

世界充满矛盾。白天是什么时候结束的？黑夜又是什么时候消失的？白天和黑夜虽然交替，但一直共存着，这是矛盾的。生命是什么时候结束的？死亡又是什么时候开始的？生死虽然相对，但生死也一直共存着，这是矛盾的。

你说想要摆脱虚幻的人生，所以修行，追寻那个空、那个道。执着需要放下，但放下执着，又成了新的执着，这本来就是矛盾的。

其实，真正的你本来就是圆满的，没法增多，也没法减少。

你说你要追寻的那个空、那个道，也只存在于你的想象中。你的追寻不会有任何结果，道根本就不是追寻得到的。好比一个人，一直在寻找自己的目光。他找遍了所有地方，也不可能找到。他不知道，目光一直都在，就是寻找本身。真正的道，就是求道本身。踏向彼岸的每一步，都是彼岸本身。

不要再用头脑去分析，也不要用头脑来反驳，这永远不会有结果。头脑无法杀死头脑，你会被狡猾的头脑引入一个永无休止的循环中。头脑会找各种理由让你放弃修行，头脑会伪装成各种角色来让你相信它是对的，就像你问出这个问题时的心境一样。

修行，不要用头脑，而要用觉察。

觉察不会判断，不会下结论，不会排斥，不会偏好。就像天空，乌云可以来，白云也可以来，可以刮风，可以下雨，可以下雪，还可以有闪电。什么都可以，但天空只是看着这一切发生。

当你开心，你是白云；当你伤心，你是乌云；当你愤怒，你是狂风；当你兴奋，你是闪电……但人生如梦幻泡影，如露亦如电。这些变幻无常的东西，是你，但又不是真正的你。

真正的你，是那无垠的天空。

无论是什么样的人生，一旦有了觉察，就是精彩的人生！

懂了道理，为何还过不好这一生？

每一件事都很小，去做，就是在生活中修行。能不能过好这一生，不在于你懂了多少道理，而在于你真正做到了多少。

有个读者给我留言：

七哥，我看过很多书，包括很多佛学的书，但生活却越来越糟糕。工作做不长，工资低，收入少，生活压力大，和老婆总吵架，同事关系也处理不好。那些要吃苦要奋斗的道理，我也懂得很多，但还是过不好这一生。

七哥，是我不够聪明吗？我该怎么办？

1

懂了那么多道理，还是过不好这一生。好像很多人都是如此。

先给你讲个故事。

有个老太太信佛多年。她退休后没事，在家带四岁的小孙子，每天早晚至少要花一小时念阿弥陀佛。

家里有个佛堂，老太太早晚都会在这里点香、磕头，然后一直念

"南无阿弥陀佛"。念佛的时间里，小孙子一般都是妈妈带着，这样不影响老太太念佛。

这天，妈妈有事出去了，老太太把小孙子放在客厅玩玩具，自己到佛堂念佛。

一会儿，小孙子跑过来叫奶奶。老太太被打断了，说你自己玩啊，别打扰奶奶。

过了一会儿，小孙子又过来，老太太又被打断了，说你自己先去玩会儿啊。

过了一会儿，小孙子又过来，老太太不耐烦了，很凶地说："自己玩去，再来奶奶就打人了！"小孙子不肯走，老太太把他拖到客厅，自己去佛堂继续念佛。小孙子哇哇大哭。

老太太在佛堂听到哭声，心烦意乱，出来熊了他几句。小孙子哭得更厉害了。老太太火冒三丈，咆哮起来："不听话！说了多少次了！让人念佛都念不好！"开始猛打孙子的屁股。

孙子的哭声和老太太的咆哮声此起彼伏。

故事讲完了。

学佛是为什么？降伏其心。

老太太学佛这么多年，好像也没有过好这一生。

2

有的人不仅懂了很多道理，还写出深刻的道理让别人懂。

欧内斯特·米勒尔·海明威，是美国著名的作家，写过很多优秀的作品，如《永别了，武器》《太阳照常升起》《丧钟为谁而鸣》《老人与海》等。

1953年，他凭借《老人与海》获得了普利策奖。次年，又凭此获得诺贝尔文学奖。

《老人与海》中，一个老人八十四天都没打到鱼，第八十五天出海打到了一条重一千五百磅、比渔船还大很多的大鱼，经过三天三夜终于把鱼杀死，返航途中又遇到一拨又一拨的鲨鱼袭击，他出击、反抗、妥协。最终，拖着巨大的鱼骨架，老人回到了他破旧的小屋。

很多人看这部小说，因为里面的一句话而倍受鼓舞："人可以被消灭，但不能被打败。"

出人意料的是，1961年，海明威——《老人与海》的作者，那个塑造了与生活抗争的硬汉形象的作者，用一把猎枪结束了自己的生命。

这算是被生活打败了吗？或许在海明威内心中，他只是被"消灭"了。能用小说讲出这么深刻的道理，但还是过不好这一生。

3

有人说，明白了道理，应该用在自己身上。道理我懂，可我做不到啊！

懂了那么多道理，如何在生活中做到？

从抄经开始说吧。我发起了"必经之路"项目——抄一亿部《心经》。

有人问："抄经有什么用？"

我说："可以静心。"

"我太浮躁，觉得抄完了还是静不下来。"

“你抄了吗？”

“没有，我觉得太浪费时间。”

我苦笑。

什么叫生活变好？生活本来是一个过程。只有过程好了，我们才会说，我这一生过得挺好。

一天二十四小时，八小时睡觉，剩余十六小时吃喝拉撒占了两小时，还剩十四小时。

如果花一小时抄经，这一小时至少没有其他时间那么浮躁吧。等你抄完了，这一天的二十四分之一不浮躁了。如果每天花一小时抄经，也就是说，你生命中二十四分之一的时间都不浮躁了。

小小的一份抄经纸，让你生命中的二十四分之一的时间过得很宁静，难道不值得去做吗？

4

再说说其他的情况。

小孩在哭闹，打扰了念佛，本来是要发火的，你忽然意识到：这不是被情绪控制了吗？学佛不就是为了降伏这颗心吗？你开始观照，觉察自己的情绪。下次小孩再哭闹，也就不会影响你的心情了。于是，小孩哭闹成了你修行的入口。

工作中晋升申请没有通过，你觉得很气愤，也很沮丧，开始抱怨。忽然意识到：这就是人生的八大陷阱——毁与誉，得与失，苦与乐，讥与称。哈哈，没想到我一不小心就掉进来了。你觉察到自己的情绪，不再为此苦恼。对待结果，保持平常心。这样，晋升失败成了你修行的入口。

生活压力大，老婆找你吵架，你也很生气。忽然意识到：夫妻之所以在一起，也是缘分所致。你这么想时，情绪也起不来了。这样，夫妻吵架成了你修行的入口。

5

吃饭时，要想到，有阳光、雨水、大地、温度等各种因素才有这一顿午餐，要珍惜，要感恩，还要回馈。

睡觉时，想到还有多少人在外受苦受冻，而我却能睡暖暖的床，不禁发愿以后要多做善事。

在家里看见蜘蛛，没有想打死，而是用纸包住，放到外面；在路上看见蚂蚁，没有一脚踩下去，而是把它运到安全的地方；本来要买条活鱼来吃的，改成买冰冻的鱼……

每一件事都很小，去做，就是在生活中修行。能不能过好这一生，不在于你懂了多少道理，而在于你真正做到了多少。

如何向内求？（上）

愤怒，意味着别人阻碍了你的欲望。出现的每个愤怒，都对应着内心的某个欲望。愤怒就是欲望的影子。

有人问我：“如何才是向内求？”

先来看一个故事。

1

李嘉诚的儿子李泽钜被大盗张子强绑架。张子强单枪匹马到李府谈判，叮嘱李嘉诚不要报警。李嘉诚说，好。

张子强大大方方进门时，第一句话就是：“李先生，请把你家里的警察叫出来吧。”

李嘉诚笑着说：“我做了一辈子的生意，没有什么特别成功的经验，但有很深的体会，就是做人做事要言而有信。张先生如果不信，我领你看看。”

就这样，李嘉诚带着张子强参观了李家豪宅。张子强很满意，因为李嘉诚确实没有报警。两人回到客厅继续谈条件。

“20 亿吧，要现金，不要新钞。”张子强说。

“银行只有10.38亿，如果你同意，现在就去取给你。”李嘉诚说。

“好！成交！”

张子强离开之前，走上来和李嘉诚握手道别，他说：“我这样搞，你们李家会不会恨我？”

“你放心，我经常教育孩子，要有狮子的力量，菩萨的心肠。用狮子的力量去奋斗，用菩萨的心肠善待人。”

“以后会不会报复我？”

“不会。”

“为什么？”

“因为这次是我错了，我们在香港知名度这么高，但一点防备意识都没有。比如我去打球，早上五点多自己开车去新界，在路上，几部车就可以把我围下来，而我竟然一点防备都没有。我要好好检讨一下。”

故事讲完了。

听说后来李嘉诚花了很多钱来布置安防。

2

有个朋友跟我抱怨她留学回来的儿子多么不懂事，多么不听话，后来还带儿子一起来拜访我，要我给他“洗洗脑”。我们聊了两个多小时，大多时间是我和她儿子在开导她。

有个朋友跟我聊她家里的事情，说她丈夫哪里不好，婆婆哪里不好，自己多么辛苦，甚至说想早点死了算了。我们聊了两个多小时，大多时间在帮她发现自己的问题。

有一次我的助理海浪很焦虑地跟我谈公司员工多么不在状态，员工如何没有责任心，如何不重视结果，如何不遵守纪律。我们聊了两个多小时，大多时间都在讨论他自己的问题。

遇到麻烦，习惯从自己这里找问题，这种方式我称为“向内求”。

李嘉诚被勒索了十亿，但他的第一反应是自己错在哪里。不是别人没问题，而是别人的问题是别人的事，自己的问题才是自己的事。

再给你看一个“鲜活”的例子。

3

几天前，微博上有个陌生读者留言：

七哥好！我是你的粉丝。

我要被逼疯了。

我女儿二十三岁了，大学毕业已上班。我九年前离异了，为了她一直没再嫁，她也一直很听话。可是最近我发现她不知在哪里交了一帮朋友，隔三岔五去酒吧、夜店，骗我说单位加班，被我发现后又说工作压力大，需要发泄。

夜店的魅力那么大吗？我的孩子是学坏了吗？我们没法聊，一聊就吵架！很伤心，很愤怒，情绪很大。我应该怎么办？

要是你，会怎么回复？

来看看如何才是“向内求”。下面是我的回答。

4

“逼疯了。”

你觉得是女儿在逼你。如果你女儿给我发私信，第一句话估计也是“逼疯了”。我问谁逼的？她会说：“是我妈逼的。”

在我看来，没有谁逼谁。你不喜欢女儿去夜店，担心女儿变坏，所谓“逼疯了”，只是你自己的感觉。

“为了她一直没再嫁。”

这是你情绪的根源之一。一直没再嫁就是为了女儿好？我不知道。就算是为了女儿一直没再嫁，这也是你的选择。你的潜台词是：“我对你这么好，你也应该对我好，至少都听我的。”这么想就是交易，而不是亲情。真正对她好，就不要期待回报。所以，再不再婚是你自己的决定，自己承担结果就好，但不要用这个决定来要求女儿。

“她也一直很听话。”

在我看来，你女儿有点可怜。“听话”这个词，用在幼儿身上是褒义词，用在二十三岁的女儿身上，不一定是褒义词了。不过你女儿做得很不错，是乖乖女，二十三岁了，听话了二十三年，真的不容易。

现在女儿已经工作了，有些话不听了，要去夜店玩，你不同意，她只好骗你。于是你就觉得被“逼疯了”。你认为女儿永远只能是你的女儿，只属于你。女儿“一直很听话”，你这么说，反映出你内心的控制欲。

控制，是一种欲望。

“可是最近我发现她不知在哪里交了一帮朋友。”

你很“厉害”，之前女儿交朋友的事，你都是一清二楚。现在女儿上班了，交了朋友你不知道，你开始紧张了。女儿开始脱离你的掌控，你连她在哪儿交的朋友都不知道了。说出这句话，反映了你内心失去对女儿的控制的恐惧。你需要知道她交的朋友吗？二十三岁，有好多女生都当妈妈了。

“夜店的魅力那么大吗？我的孩子是学坏了吗？”

你应该五十岁左右，出生在20世纪60年代末70年代初，应该很少有机会体验夜店生活，所以你不知道夜店的魅力。夜店确实有点“乱”，但正是这种“乱”吸引了很多年轻人，以前夜店也很吸引我。为什么？就是因为以前太“规矩”、太压抑了，被管得太死，才会喜欢去夜店。

所以，夜店对你女儿来说魅力大，是因为她一直太听话，这跟你有很大的关系。

另外，如果她每天下班后，不是去夜店，只是跟你不认识的朋友喝茶喝到晚上十二点才回家，你也会很不高兴吧？所以，问题还是在你这里。

“我们没法聊，一聊就吵架！很伤心，很愤怒，情绪很大。”

你们为什么会吵架？彼此为什么会愤怒？

我们先来聊聊愤怒是如何产生的。

5

当别人妨碍到了你的欲望，你就会愤怒。

你想要赚钱，有人妨碍了你，你就会愤怒；你想要别人夸你，有人骂了你，你就会愤怒；你想要升职，老板不同意，你就会愤怒；你想要掌控某人，对方不受你掌控，你就会愤怒；你想要女儿听话，她骗了你，你就会愤怒。

愤怒，意味着别人阻碍了你的欲望。出现的每个愤怒，都对应着内心的某个欲望。愤怒就是欲望的影子。

有人问："如何让自己不生气、摆脱愤怒？"

是的，愤怒会造成冲突，会带来麻烦和不愉快。心中充满欲望，却想摆脱愤怒。这很难。这就像有人走到太阳底下，却要试图摆脱自己的影子。我说："不要走到太阳下。"但他的回答是："不可能，我要走到太阳底下，但不该有影子。我要活在欲望的世界，但不该有愤怒。"

同样，你想要女儿听话，你想要控制女儿，但不想吵架，不要愤怒。这就是矛盾所在，所以你被"逼疯了"。

"我应该怎么办？"

"不要走到太阳下。"

6

或许有人问："难道都是妈妈的错？女儿一点问题都没有吗？"

这篇都是讲妈妈的错。

但如果女儿也给我发私信，说她妈妈如何如何，我会用同样的方法分析，最后的结论是：都是女儿的错。

这是我分析问题的一种思路，我称为：向内求。

有人问：如果女儿真的变坏了，抽烟喝酒，彻夜不归，还乱搞男女关系，妈妈很愤怒，又该如何向内求呢？

很好的问题！且看下一篇。

如何向内求？（下）

佛陀说，每个人都具有如来智慧，只因妄想执着太多，才变得没有智慧。

女儿爱去夜店，焦虑的母亲应该怎么办？任由她“学坏”“堕落”？担忧、愤怒、无助，这颗心究竟该如何安放？

有时，寻找答案的过程比答案本身更重要。

1

人们有个特点：习惯指责别人。

问题出现了，张三说你做事之前欠考虑，李四说你做事不够果断，王五说你做事不讲时机，赵六说你做事不懂协作，脚七说你做事不懂得向内求。

有个妈妈给我发私信求助，说女儿近来经常混夜店，还撒谎，担心女儿变坏，她很愤怒，怎么办？我的回答，条条都在指责妈妈。

但如果女儿真的“堕落”了呢？混夜店，抽烟喝酒，彻夜不归，乱搞男女关系。此时妈妈很愤怒，很伤心，妈妈到底该怎么办？

2

人们常说，在生活中修行。修行不一定要晨钟暮鼓、诵经打坐。六祖说：“佛法在世间，不离世间觉。”佛陀说：“一切法皆是佛法。”佛法不应用到世间，就失去了本来的意义。所以，应该在生活中修行。

然而，什么叫在生活中修行?

有人为了满足口腹之欲而杀鸡钓鱼，他说：“酒肉穿肠过，佛祖心中留。”

有人为了寻求刺激而纸醉金迷，他说：“不念过往，活在当下。”

有人为了追求名利而贪赃枉法，他说：“不曾拥有，何来放下？”

……

在生活中修行，往往成了人们为自己开脱的借口。

那到底如何才是在生活中修行？总结起来就三个字：断、智、悲。

断，指断除烦恼。如何让烦恼更少一点，如何不被情绪控制，这是断。

智，指拥有智慧。如何分析问题，解决问题，善巧方便地处理世间矛盾，这是智。

悲，指心怀慈悲。由己及人，由人及众生，众生苦，就是自己苦，这是悲。

3

女儿堕落了，妈妈很失望，很痛苦。这就是烦恼。妈妈之所以痛苦，是因为对女儿有期望，不能接受现实。

每个人的痛苦都类似，不愿接受现实。当事情结果不好，人们就很不满意，痛苦就出现了。

很信任的朋友背叛了自己，你痛苦；儿子成绩退步很多，你痛苦；工作晋升没有通过，你痛苦……

这就是普通人的思维方式，执着于结果。但每个结果都不是凭空产生，每个结果都由无数原因造成。好比一棵树要长大需要太多的因素，好比冰冻三尺非一日之寒。

菩萨畏因，众生畏果。菩萨懂得修行，很重视事情的起因，重视缘起，而众生不懂修行，总是执着于结果的好坏。

女儿堕落，这是结果。原因在哪里？可能是朋友的影响，可能是网络的影响，也可能是家庭对她的影响。

从来没有无缘无故的结果，每个结果的产生，都有它的原因。

如果你能明白这个道理，就不会失望，也就不会有愤怒。你种了一粒黄瓜种子，结出的是黄瓜而不是西瓜，你肯定不会失望。你种了一粒种子，你以为会结黄瓜，但最后一个黄瓜都没有，你会很失望。为何没结黄瓜呢？原因你也不清楚。但没结黄瓜的原因一定存在，可能是你照顾不周，可能是天气问题，可能是土壤问题……只是你不知道原因！

修行里有个词叫“臣服”。接受现实，放下执着，这便是臣服。臣服了，也就断了烦恼。

这就是“断”，这就是在生活中修行！

“莫不是女儿堕落了，为了自己内心平和，为了自己没有烦恼，我就听之任之？”

当然不是，还应有“智慧”。

4

愤怒是嗔恨，嗔恨是愚痴的体现。一个人愤怒时，是没有智慧的。

女儿堕落了，愤怒并不能解决问题。如何把女儿从堕落的路上引导回来，这就需要智慧。

让自己更有智慧，能善巧方便地处理问题，这也是在生活中修行！

我先给你讲个真实的故事。

有个朋友和老公在一起二十多年，结婚，生小孩，买房。为了支持老公创业，她辞职在家。一路坎坎坷坷，十分艰辛。现在日子稍微过得舒服一点了，她发现老公有了外遇。

她伤心、愤怒、不甘、绝望，甚至想到了死。但她舍不得孩子，舍不得这个家。她该怎么办？她又能怎么办？哭？闹？离婚？她不知道。

她找到了一位学佛的老法师。

老法师说："你真愿意听我的吗？"

"愿意。"

"那你到寺院里来住三个月，不要回家了，每天抄《心经》《金刚经》。"

从此她住在寺院，开始抄经。

一开始她抄不下去，她感觉写下的每个字都充满了仇恨。她恨不得让那个女人被车撞死，甚至恨不得自己老公也被撞死。

后来，抄着抄着，她的仇恨慢慢减少了，抄经也慢慢正常了。

一个月后，她适应了寺院的生活，甚至开始喜欢上抄经的感觉。

不到两个月，她老公找到寺院，向她深深地忏悔，希望她能原谅自己，希望她能回去。

她回家了。

他们从此过上了幸福的生活。

故事讲完了，最后一句是我加的。

这是我朋友的亲身经历。后来，我问她老公，是什么导致他回心转意？

他说自从妻子去寺院以后，他和那个女的生活了一段时间，暴露出各种问题，才体会到了妻子的好。于是下定决心跟那个女的分开，去寺院忏悔，请求妻子原谅。

朋友说她在寺院就已经原谅了所有的人，甚至同情他们，包括那个要抢走她老公的女人。

有人说这是抄经的作用吗？我不知道，或许是吧。

如何才能有智慧？佛陀说，每个人都具有如来智慧，只因妄想执着太多，才变得没有智慧。

一杯浑浊的水，让它安静下来，自然就清澈了。

一个愤怒的人，让他安静下来，智慧就自然出来了。

女儿的堕落，该如何挽救？你让自己安静下来，或许就会知道方法。可能是找她谈心，可能是找她信任的人来提醒她，可能是默默地关心她。

她到底会不会改正？没有人知道。那是个结果，而你只能努力做你能做的。

你每天这么做，智慧也会增长。可能在某天，你女儿自己会走上正途。这就是“智”，这就是在生活中修行。

但做到“智”，还不够，还要有“慈悲”。

5

要分清楚慈悲和怜悯。

当恐惧遇到痛苦，会形成怜悯。朋友老公有外遇了，她好惨啊，好可怜，我去安慰一下。这是怜悯。

当爱遇到痛苦，就是慈悲。她老公有外遇了，我做什么才能替她分担痛苦呢？这是慈悲。

慈悲不会让你愤怒，恐惧才会让你愤怒。

你的女儿堕落了，她以后的生活可能会一团糟，也会让你的生活一团糟，还会让你在邻居朋友面前没有面子。

这里更多的是恐惧。如果慈悲足够多，就不会有愤怒了，因为慈悲会化解愤怒！

试着让自己充满慈悲，去体会女儿心中的压抑、所有的情绪和痛苦。她喝多了，帮她醒酒；她吐脏了，帮她洗衣；她失恋了，陪着她，关心她，而不是指责她。

试着让自己充满慈悲。不只是自己的女儿，天下那么多年轻人，他们或许因压抑而逃避，或许因逃避而堕落，他们心里的情绪和生活的苦楚，又有多少人愿意倾听？

试着让自己充满慈悲。不只是自己的痛苦，天下那么多父母，他们的子女或许更加叛逆，或许更加堕落，他们对子女的担心和对生活的绝望，又有多少人能体谅？

试着让自己充满慈悲。还有那么多破碎的家庭，他们每天都在遭受多少压力？还有那么多老人，他们曾经和你一样担心女儿，现在他们的女儿都只关心自己的女儿，只留下老人每天守着电视。

试着让自己充满慈悲。不只是人类，还有那么多流浪狗、流浪猫，那么多一生下来就要被屠宰的动物，它们在这个世界上根本没有选择的权利。

让慈悲在你心里流淌。

这就是“悲”，这就是在生活中修行！

6

有人说，我没那么高尚，现在只能自己管自己，我只要“智”就好了，处理事情能充满智慧。

断、智、悲是相互关联、相互促进的。

“悲”会让你放下执着，帮助你真正地“断”；“断”会让你内心宁静，帮助你增长“智”；而“智”会让你看清因果，让慈悲在你心里流淌。

断、智、悲本来就是一体的。“悲”是“断”也是“智”，“智”是“悲”也是“断”，“断”是“智”也是“悲”。

断、智、悲，这就是向内求。

第四章

换个角度看世界

明白人生是一场戏，

但还是要认真演。

否则，

就成了蹩脚的演员，

还会经历一场无聊的戏！

假如青春重来一次
——给年轻朋友的一封信

假如青春重来一次，我想活得更纯粹一些，更勇敢一些。

朋友：

你好！

何亚娟老师邀请我给年轻朋友写封信，提提建议什么的。唉，年轻人哪需要别人提建议啊！王尔德说：

老年人相信一切，中年人怀疑一切，年轻人什么都懂。

但我还是提笔写了这封信，并非提建议，只是和你聊聊天，谈谈人生，谈谈理想，谈谈爱情，谈谈那些惋惜和忧伤。

我今年四十多岁。这是人生中一个很重要的阶段，因为人到了这个年纪，该经历的基本都经历过了。经历过热血的冲动，经历过感情的波折，经历过事业的起伏，经历过家庭的无奈，经历过儿女相伴带来的欢乐，经历过亲人离世带来的痛苦，经历过一个个破碎的梦，经历过一本本难念的经……此时再来聊年轻时的话题，或许对你会有些触动。

如果你问我，活了四十多年，对人生最大的感触是什么？我会毫不犹豫地回答：人生无法预期。

我小时候没想到我会读大学，读大学时没想到我会成为一名程序员，编程时没想到我会成为一名作家，小有名气后也没想到我会放弃世俗的事业，到深山专职修行……是啊，人生无法预期。那又如何呢？日子还得过，该计划的还要计划，该奋斗的还要奋斗，在每个阶段都有自己要做的事。每个阶段做得有多成功，现在来看，已不再重要。上最好的大学，不一定对写程序有多大帮助；成为最牛的程序员，不一定会对写作有多大帮助；成为一名大作家，也不一定会有好的修行。如今留下来的，不是那些成功和失败，而是在每个阶段经历的酸甜苦辣，经历的痛苦和欢笑。正是这些经历，组成了我的人生。我现在深刻认同一句话：过程比结果更重要。

不知你现在最想做的事是什么，我年轻时最想做的事就是赚钱。

我当时想赚很多很多的钱，买好大好大的别墅，开很贵很贵的车，我认为只有那样才会过得幸福。我很努力也很拼命，可能运气比较好，多数想法得以实现。但是，那时我过得并不幸福，不只是不幸福，烦恼和痛苦好像越来越多。看看周围那些事业有成的朋友，跟我也差不多。为什么会这样？这个问题曾经困扰了我很久。

后来终于明白一个道理：一个人太看重物质，骨子里就会很自卑。自卑的人，是无法快乐的。真正的快乐，一定是超脱物质的。此时我才真正理解颜回有多厉害：“一箪食，一瓢饮，在陋巷，人不堪其忧，回也不改其乐！”我如果年轻时就明白这个道理，应该不会把大把时间浪费在赚钱上。一个人快乐与否，和他拥有的物质多少无关。真是如此！那如何才能获得真正的快乐？这是个好问题。我找到的答案是：

所有的快乐，都来自希望别人快乐。

过去四十多年，有什么让我觉得惋惜的吗？当然有。我总是觉得自己年轻时不够纯粹，不够勇敢。

假如青春重来一次，我会无所顾忌地谈一场轰轰烈烈的恋爱，哪怕最后以失败而告终，哪怕最后痛苦得无以复加；假如青春重来一次，我会让自己永远诚实，哪怕诚实会让我落魄潦倒，哪怕诚实会让我遍体鳞伤；假如青春重来一次，我会花更多时间写作，认真写每一篇文章，就像是人生写的最后一篇文章；假如青春重来一次，我会阅读更多的书，认真阅读每一本书，就像是上刑场前阅读的最后一本书……

忽然想到，不用等到青春重来一次，我现在也可以活得更纯粹一些，更勇敢一些！真好！为何想要活得纯粹、活得勇敢？这个问题不好回答。因为它的好处只有试过的人才能体会。

这封信快写完了，别把我讲的当回事。无论你现在如何，都不用紧张，更不用懊恼，因为你还年轻啊！而且，一个人无论如何选择，都会走完这一生。

我很喜欢《悟空传》中的一句话，也送给你吧：

这个天地，我来过，我奋战过，我深爱过，我不在乎结局！

愿你智慧增长！

文德（鬼脚七）

2020 年 5 月 2 日

于青海果洛

偷时间的贼

人性中有懒惰享乐的一面，如果不保持警惕，会有各种借口来让自己放弃原则、放弃目标。你会发现，放弃做一件事能有一万个借口，但坚持做下去只有一个理由，那就是去实现你的目标。

我时常会问自己两个问题：“我最近忙吗？做了哪些有意义的事情？”

如果你回顾过去一个月做的事情，大多不会有印象，真正想做的事几乎没有进展。但你每天都很忙，起得不算早，但睡得绝对晚，不过十二点不睡，事情没做多少，身体还越来越差。

不要觉得沮丧，社会上大多数人每天都这么过着，甚至一辈子就这么过着。

有人问：“七哥，你呢？你忙不？”

我以前很忙。

那时要上班，公司不大，但事情不少；有应酬，喝酒、唱歌、混夜店，喝大了第二天也干不了别的事；偶尔旅游、讲课、写文章……一天到晚都很忙。短期出家结束后，我戒了很多东西，不喝酒，不抽烟，不泡吧，不去夜店，不吃夜宵。应酬少了很多，时间多了不少。

但我还是很忙。

早上六七点钟起床，晚上十二点多睡觉。规划一下，每天两小时看书，两小时写作，七小时睡觉，两小时用来吃喝拉撒，一天二十四小时，至少还有十一小时。它们去哪里了？谁偷走了我的时间？

谁偷走了我的时间？我想找出这个偷时间的贼。这不难，我认真记录时间分布，就能逮着这个贼。

我记录了几天的时间分布，发现时间并没有被偷走。接送小孩上下学、吃饭、发邮件、回消息、打电话、遛狗、锻炼，统统都是必须要做的，而且效率很高，总共花了两小时十分钟，我仍有大把时间可以用来做想做的事。我没能逮住那个偷时间的贼。

想想很正常，既然是贼，不可能明目张胆地偷，否则就成了强盗。算了，既然时间多了，我就用来写作吧。

我打开电脑准备写篇文章。文章刚写了几行字，手机收到微信，有个朋友问我在不在杭州，我回复消息；朋友圈有十五个提示，哦，是十五个赞；朋友的状态很好玩，有的搞笑，有的“鸡汤”；还有一篇八卦文章，咦，某明星居然出轨了！这事儿闹大了，还有视频……

等我意识到不对劲，半小时过去了。

赶紧专心写文章！

想搜索一些信息，打开搜索引擎，首页推荐了各种热点娱乐新闻。我一一点过去看，咦，我刚才要干什么来着？好像是要搜索什么词，忘了！忘了就忘了吧。

微博上的抄经活动，不知道参与人数有多少了，打开微博看看。昨晚阿里到底是涨了还是跌了？102买进的，上次跌到92了，亏大了。支付宝查看股票还蛮方便的。京东的股票居然涨了，难不成是我最近用京东比较多？网络好像有点问题，最近无线网络总有问题，打电话问了几次也没修好……

等我意识到不对劲，已过去了四十分钟。

这就是那个偷时间的贼！这个贼每天能偷走我五六个小时！

相信每个人都有类似的经历。无论你是上班还是自己当老板，真正有效的时间，能有一半就很不错，大部分时间都花在了乱七八糟毫无意义的事情上，而且是不知不觉。智能手机普及了，几乎所有人，包括老人和小孩，每天都离不开手机。

知道了问题所在，该解决问题了。

如果只是简单地让你放下手机，估计你会很不适应，过不了半天，你又会拿起手机，回到之前的状态。这是一种悲哀。当人们习惯于用手机来消磨时间，一旦把手机拿走，人们就不知所措。就像把玩具拿走，小孩子会哭闹一样。手机就是我们的玩具，当然也有人说我们是手机的玩具。

偷时间的贼，真的是手机吗？

看上去是手机，其实不然。二十年前，没有手机的时候，人们一样每天很忙，却不知在忙什么。二十年后的今天，你下定决心再也不用手机，过不了多久，你一样很忙且没什么成就。时间会浪费在电视上、游戏上，或者其他地方。总之，你的时间照样会被偷走。

偷时间的贼，不是手机，那是谁？这个问题后面再详细说，我先来讲讲如何找回被偷走的时间。

要把时间找回来，需要四步，十六个字。

第一步：确定目标。

确定目标，或者说重新捡起你的梦想。无论你信不信，没有梦想牵引的人生，注定是肤浅的。

你想成为编程大师，你想成为营销专家，你想成为书法家，你想成为美食家，你想成为旅游达人，你想成为作家，你想成为自媒体人……这些都可以，只要确定一个目标，一个一谈起来就让你热血沸腾的目标。不用怕困难，假如每天用五六个小时去做一件事，就没有做不成的。

第二步：制定原则。

有了目标，接下来要制订计划。我以前制订过很多计划，但从来没有哪个计划能坚持一个月以上。一切计划都会落空。道理很简单，因为没有人监督。想想你曾经制订过多少锻炼计划、学习计划？哪怕只有一个能坚持到现在，你现在也是个很牛的人！

比计划更有力量的是原则。制定一个原则，用来实现之前定的目标。

原则的格式是：只要有时间，我就（　）。例如，我的原则就是：只要有时间，我就看书。为什么定这样的原则？我们平时之所以会沉迷于手机、电视，是当时不知道该干什么。你可以规定：只要有时间，就研究美食；只要有时间，就研究书法；只要有时间，就学习编程……现在互联网这么发达，各种信息都有，一定可以做到。

原则就是原则，当你意识到违反了原则，要赶紧回归原则。不用后悔也不用叹息！你在看搞笑视频，意识到你的原则，立马停止，回归到原则就好。

确定目标、制定原则之后，下一步要下决心。

第三步：砍掉依赖。

砍掉你最大的依赖。和你的目标不一致，又消耗你时间和精力的，你都要砍掉。你喜欢玩微信，那就砍掉它；你喜欢逛淘宝，那就砍掉它；你喜欢看美剧，那就砍掉它（别骗自己说这是学习英语）……有人说，我的工作和目标不一致，砍掉不？每个人的决定不一样，这个决定在你自己，不用问我。

砍掉最大的依赖，会空出很多时间，用之前的原则来填充。砍掉依赖，需要每个月反思一次，执行一次。你砍掉一个，另外一些又会起来。阶段性地反复进行，会让你的目标更清晰，原则更明确。

最后一步：保持警惕。

并不是有了目标、定了原则、砍了依赖，你就成功了。永远没有成功的时候，永远都在路上。就像修行一样，不是说你开悟了，就可以高枕无忧了，不是的，永远都在路上。时时刻刻提醒自己，目标是什么、原则是什么！只有时刻保持警惕，才是我们真正要达到的状态。

最后一步，是最重要的。人性中有懒惰享乐的一面，如果不保持警惕，会有各种借口来让自己放弃原则、放弃目标。你会发现，放弃做一件事能有一万个借口，但坚持做下去只有一个理由，那就是去实现你的目标。保持警惕，就是防止内心妄念纷飞。这些妄念，能神不知鬼不觉地偷走时间。

或许你已经明白，真正偷走时间的贼，不是手机，也不是网络，而是你那颗躁动的心。时刻警惕，就是在守住那颗心。

这套方法跟修行是一样的。定目标就是发大愿，制定原则就是持戒，砍掉依赖就是专注，保持警惕就是保持觉知。守住自己的心，时间就回来了。

不妨换个角度看世界

人生永远有多种选择，你意识到这一点后，可以继续走之前的路，不停攀升，也可以选择另一个方向，做好你最想做的事。

1

我哥承包了一个鱼塘，生意一般般，让我给他出主意。

我说："你想办法让来鱼塘钓鱼、买鱼的人，都加你的微信，你的朋友圈平时可以发一些鱼塘的环境照片、钓鱼的场景照片或者小视频，定期组织一些钓鱼比赛吸引人来，这样会不会越来越热闹，生意越来越好呢？"

我哥想了想说："这个主意好，要是顺利的话，有更多的人来，我就可以卖更多的鱼，这样就可以承包更多的鱼塘，一年就可以赚更多的钱……"

绝大多数人都是这么干的，生意越来越好，规模越做越大，然后赚钱越来越多。

2

和一个朋友聊天，他在瑞典生活了二十七年，是 1989 年出国的大学生，现在回国了。他给我讲了些有意思的事：

他在瑞典买了个大房子，他说只有华人到那个地方才买大房子，当地人的房子通常都比较小。在北欧买大电视会被人看不起，买大房子也会被人看不起。

正好我前两天去参观了一个电视机厂，他们的流水线上主要生产二十三寸的彩色电视。我想这些电视会卖给谁呢？四五线城市吗？

负责人告诉我："不是的，都是发往德国、北欧的，当地人习惯买小电视，他们要求环保、节能，不要占太多的资源。"

朋友说给他们家刷墙的工人很有个性。他五十多岁了，这辈子都在刷墙。北欧的工人工资普遍不低，这位粉刷匠一年只有夏季刷墙，其余的三个季度就旅游去了，二十多年一直都是这样的，真是一位快乐的粉刷匠。

问题来了：这个刷墙工人为什么没有考虑把规模做大，赚更多的钱呢？刷墙刷得好，完全可以招几个人做一个刷墙的公司，公司业务好了，在各地开分公司，最后搞一个跨国刷墙公司出来，瑞典刷完去瑞士刷，北方刷完刷南方，刷欧洲，刷美洲，刷遍全世界……

3

无独有偶，我最近看了一本书，书里讲了个有意思的故事。

随着化肥的普及，粮食的产量越来越高，美国一家化肥厂的专家去非洲考察，发现非洲有些原始部落种地居然没有使用过肥料。

于是他们送了一些化肥给酋长，并拍着胸脯告诉酋长：“以后保准让你们的粮食产量翻番！”于是酋长派人在试验田种植。

半年后，部落成员很开心地说：“报告酋长一个好消息，今年我们的粮食产量翻倍了！”

酋长特别开心：“真是太好了，明年我们只用种一半地了。”

这几个故事，一个是发生在我身边的，一个是发生在北欧的，另外一个是发生在原始部落的，体现的思维方式都不一样。

绝大多数人都是在一家或大或小的公司，干一份喜欢或不喜欢的工作。一个人在一家公司做经理，一定想着去做一个资深经理，然后做到总监、资深总监……或者在一家单位做科长，想怎么样做到处长……绝大多数人的一辈子都是这么过来的。

不妨换个角度看世界：我这一辈子只干好一件事，行吗？

4

有人问了：七哥，难道你的意思是我们不应该向上走？不应该有追求？

当然不是！如果你没听我说这个观点，可能你这一辈子只知道这一条向上走的路，对不对？现在看到了，你可能会想，我也可以这一辈子只当个经理吧？这一辈子只当个文员为什么不行呢？

如果这几个故事对你有启发，意味着你的人生有多种选择，你意识到这一点后，可以继续走之前的路，不停攀升，也可以选择另一个方向，做好你最想做的事。

我曾在一篇文章《我想和这个世界谈谈》里，写过这样的话：

如果你不想被美梦欺骗，那么我告诉你，不要有希望。

所有的希望，都只是梦。所有的希望，都是对当下的背叛。

你天天说要活在当下，但你不知道希望就是对当下的背叛。

当你充满希望，你的当下成了你的未来，你真正的当下，却被忽略不计。你无法听见鸟叫，你也无法闻到花香。

未来就是幻象，就像过去也是幻象一样。因为时间就是幻象。

所有的欲望，都来自希望。这些希望，只会带来失望和绝望。

当然，真正让你失望和绝望的，并不是你的希望，而是你对希望的执着，但你分不清执着还是不执着。因此，你可以不要有希望，不要有期待。

没有希望，也不会有失望，更不会有绝望。

如果你的希望如愿以偿，反而会增加你的欲望——希望变成更大的希望。

不要相信自己会在希望达成后适可而止，永远不要相信。

不要相信大家会在希望达成以后适可而止，永远不要相信。

有人说你太极端了，没有希望你还活着干吗？

我说不，我不极端。你只为希望而活，我为自己而活。我活着我才有自己。

真正看懂后，你会发现这不是有希望和没有希望的事情，而是你要去接受现在，接受现在的自己。就像我倡导的做自己，不是做更好的自己哦，只是做自己。做自己，第一步就是要接受自己！

5

有位媒体记者跟我请教过一个问题，他说他儿子现在在学校里跟周围的环境格格不入，问我怎么开导。

为什么格格不入是不好的？为什么一定要改变？为什么每个人都要八面玲珑？你会发现所有的伟人在小时候都是和别人格格不入的，对不对？标准品都是工业品，不一样的才是艺术品。你希望你儿子成为艺术品还是工业品呢？

不是我的观点对不对，而是我们可以多一种选择。面对孩子的格格不入，可以选择去尝试改变，也可以选择不改变。

6

我们从小到大受过很多教育，包括学校的、家庭的、社会的，形成了一个又一个思维模式，导致我们只会朝一个方向去想问题：

儿子考了班级第一，下一个目标一定是年级第一；女儿钢琴过了五级，下一步就要过六级；我们生意好了，就想做得更大；

我们有钱了，就想赚更多的钱；我们有名了，就想更有名……

这么想并没有错，只是我们并非就只有这一条路可走。我们不妨换个角度看世界，这时至少多了一个选择。

（本文来自作者 2015 年在南京新街口新华书店签售会上的演讲）

我们的百分之一，对他人就是全部

我们总在计算着百分之一的付出，是不是有效率，对自己有没有意义，殊不知，对他人而言，已是全部的意义。

1

朋友去台湾回来，给我讲了一段经历。

那天上午九点左右，他和朋友在台北闲逛，看见一个佛堂，便走了进去。佛堂布置简单，几排凳子，前面一个讲台，讲台后面有尊释迦牟尼佛，四周悬挂了几张菩萨的挂图。

有个大姐在擦桌子，很热情地打招呼："你们过来旅游的吧？等会儿这里有法师过来开示，你们可以听听，很难得的机会，法师讲得非常好。"

"可我们时间不多，十一点左右就要走，去台南呢。"

"没关系，中途走又不要紧的。"

他本来就对佛法很有兴趣，有机会听听台湾法师的开示，应该不错，于是答应了。

他俩坐了下来，大姐去后院了。不一会儿，一位法师走了进来，拿了几本书，朝他们微笑着点点头，就坐下开始讲佛法。

听了一会儿，朋友看看四周，除了他们俩，没人再来。虽然只有两名观众，但法师讲得十分认真，佛理解释得也很透彻、接地气。

过了一个多小时，他们跟法师说要离开了。法师点点头："今天就讲到这里，这两本书送你们，带回去记得看。"说完，法师就到后院去了。

"我们后来才明白，这堂课就是专门给我俩讲的。"朋友说，"让我触动颇深的，不是佛法本身，而是他们宣扬佛法的方式。"

2

前两天微博上有个视频，非常感人。有个流浪歌手在东京街头唱日语版的《海阔天空》，一名中国女孩一直听着，用粤语哼唱。后来歌手直接唱粤语，女孩泪流满面。其实整个过程中只有一名观众，就是那名女孩，歌手唱得十分投入。

一名观众的演唱会，也可以这么美。

3

有个在创业的朋友，平时特别忙，前几天特地过来看我，给我讲了他的一次放生经历。

"我以前从来不放生，觉得没意义。但这次我不仅参加了，还被震撼到了。"

"是什么情况？"

“七哥，你知道吗？屠宰牛的场面有多血腥！一头活生生的牛，几秒钟就死了，血流了一地。”他还给我看了视频，我也被震撼到了。

“我们通过一个朋友，直接从屠宰场把牛救下来放掉。我捐了点钱，救了一头牛。”

“随喜赞叹！”

“你这么做有什么意义？世界那么大，每天要杀多少头牛啊？”旁边有个小伙子问道。

朋友看了看他，又看了看窗外，说道：“对那头牛来说，它不用死，这就够了。”

4

朋友的经历，让我想起一个故事。

有个老人沿着荒凉的海滩看日落，望见远远的海岸处有一个男童，在不停地往海里抛东西。

走近之后，他发现男童正捡起被海水冲刷上岸的海星，一次一只地丢回水中。

老人感到疑惑，问他：“你好！请问你在做什么？”

“我把这些海星丢回海里。你看，现在已经退潮了，如果不把它们丢回海里，过不了多久它们都会死。”

老人当然知道这种情形，但是他仍感到疑惑：“海滩上有成千上万的海星，而你不可能把它们全都丢回海里啊！这么长的海岸线，海星不计其数。你这样做并不能改变什么。”

那个男童微笑，弯下腰又拾起另一只海星，边把海星丢进大海，边大声地说："这只海星的命运改变了！"随着接二连三地扔着海星，他不停地说："这只也改变了，还有这只……"

故事讲完了，我感触颇多。有时候，1=100。

有时我们的百分之一，对他人就是全部。只是我们总在计算着这百分之一的付出，是不是有效率，对自己有没有意义。

忽然，我有些惭愧。

有读者问一些重复的问题，我觉得没有意义；微信公众号上收到的困惑和疑问太多，我不可能都回复，有时干脆就不看了；有时我写了一篇好文章，但阅读量低，我会觉得没有意义。

或许，应该更纯粹一些。

写一篇文章，哪怕只有一个读者，哪怕只对一人有帮助，意义已经足够了。

那些时刻支配着我们的思维惯性

生活中很多时候隐藏着思维惯性，不容易被我们发觉，却时刻支配着我们。

1

W 是我读研期间的室友，他博士毕业后去了国外，我们已经十多年没见了。得知 W 回国，我说见一面吧。W 说这次行程太紧，估计见不了。我问他这几天在哪里。他说在福州。我说好，我明天过去，刚好福州还有个同学也有几年没见了。

J 是我大学期间的室友，他毕业后直接进入福建某个大型国企工作，我们也有六年多未见了。当我告诉 J 说我要去福州看他，他很开心。

买火车票的时候，我发现从杭州到福州坐高铁，居然只需不到四个小时！

不到四个小时是什么概念？我上周五在杭州请朋友吃饭，去的路上堵车花了一个半小时，到了以后排队加上吃饭花了两个多小时。总共也花了近四个小时。

不到四个小时是什么概念？我周末上午八点多起床，吃了早点，拿个快递，遛狗，看会儿书，玩会儿手机，就到中午十二点了，也不到四个小时。

但这次不到四个小时，我见到了两位好几年没见的同学。

一场说走就走的旅程，原来比想象中容易得多。

我到福州见到同学后，J 问："你这次到福州有什么其他事情吗？"

我说："没有啊，只是见朋友。"

J 说："好，很潇洒！"

2

以前我们把去外地见朋友这件事情想象得太难：需要买票，需要坐火车或者坐飞机，需要花不少钱，需要安排好家庭和工作的一些事情以便腾出时间。如果只是为了见个朋友，好像很不值得。最经济的方式是出差或旅游的时候顺道见一见。

以前确实如此。

但现在对许多人来说，这都不是大问题。一张车票一两百块，大多数人都可以承受，平时请朋友吃一顿便饭都要花费一两百；坐火车更不是问题了，有了高铁，去很多地方只需要三四个小时；如果安排在周末，一天时间，甚至两天时间也不是太大问题……

其实这些信息大家都知道，但一想到要到外地见个朋友，很多人还是觉得是件不小的事情，好像一定要找个什么由头顺道去才合理。

为什么会这样？或许这就是思维惯性吧。

搁在几十年前的环境里，无论是自己，还是父辈，或者是周围的朋友，确实都是这种想法。但现在环境和经济条件都变了，我们自己也知道这个变化，但思维习惯却没有发生变化。

过去十几年、几十年的思维习惯形成了，很难改变，也成为思维惯性。

生活中很多时候隐藏着思维惯性，不容易被我们发觉，却时刻支配着我们。

思考这个有什么用？接着往下看。

3

继续说回我和同学的见面。

W 现在在国外某知名大学任教搞科研，这十来年混得不错，不到四十混成了教授。

W 说：“做学问搞科研，很适合我，很单纯，目标也很清楚。从讲师到高级讲师然后一步一步往上升。但如果这个方向有教授，你就只能等着，哪怕科研成果再厉害也评不了教授，只能是副教授或者是 Reader（高级讲师）。

“我运气不错，十年前开始研究这个领域，最近几年这个领域发展比较快，我才有机会被评为教授。一旦评为教授，某种意义上讲，就算到头了。”

我问 W：“你们大学教授应该不太忙吧？”

W 摸了摸自己头上稀少的头发，苦笑说：“你看我这像不忙的人吗？

“我每个月都要出一次国，交流开会，白天开会晚上做研究，工作到两三点才睡觉。在比较排外的国家，华人教授要比本国的人多付出几倍的努力，才会得到认可。我现在还要教几门课，教得不好学生会投诉，压力很大。

“这几年申请了十几个项目，有不少是百万英镑级的项目，必须做好。接下来还要跟欧盟申请规模在千万欧元级的项目，我是牵头人。除了项目，学校还有十几个博士生要带，必须保证他们能毕业吧，你知道国外博士毕业不那么容易。已经忙得不像话了，每天只休息四五个小时，你看我头发越来越少……”

我笑着说：“别跟我诉苦，一会儿带你去做做按摩放松一下。”

W 说：“不了不了，现在已经十二点多了，明天早上的会议上我还有个主题演讲。”

我说：“你都已经是教授了，不是已经到头了吗？不能歇一歇吗？”

W 说：“我以前以为评上教授了，应该可以歇一歇的。我现在想歇一歇也可以，只是现在发展确实不错，过去十多年的积累，现在可以好好收获一下。再努力一把，能到世界顶级名校去任教。而且科研这个事情我还是很喜欢的，也能为社会做出点贡献。现在如果放松下来，有点可惜……”

我笑着说：“等你到了顶级的大学你会不得不更加努力。”

W 苦笑说：“完全有可能。”

4

听到这里，J也很感慨，操着一口标准的福建普通话说："我也一样啊。我毕业就来了这家公司，开始在一个小县城做技术员，做了几年做到骨干，后来做到负责人，机缘好遇到一个赏识自己的领导，没给他送礼也没请他吃饭，但他提拔我。我现在在福州市分公司做副总，既是运气也是努力的结果。但现在确实很累，每天大会小会，加班到晚上八九点还不一定能吃上饭。

"刚毕业的时候，觉得到福州公司做个负责人，就差不多了。现在所有人都觉得我机会不错，晋升空间也很大，你说这时候我不拼搏，有点可惜。

"从另外一个方面看，我要是不像现在这么拼，不求上进，难道就能得过且过吗？很多时候人在环境下，都是不得不去努力的！"

我问J："你下一个目标是什么？"

J说："我想再努力一把，应该会调到另外一个城市做负责人，然后再进入省公司吧。到那时候，我觉得目标就差不多实现了，应该可以歇一歇。"

我笑着说："等你到了省公司，新的挑战又来了，应该会想着进入全国总部。"

J苦笑说："完全有可能。"

5

我心想：他们停不下来，这也是因为思维惯性吧。

思维惯性会带来习惯性的行为，从 W 和 J 的奋斗过程来看，这种惯性也可以叫事业惯性。一旦被惯性支配着，就身不由己了。

思维惯性就像一个怪圈，时刻支配着我们每一个人，是陷进去还是跳出来？是否需要打破这种惯性？如何打破这种惯性？

每个人都有自己的答案和人生取舍。

有太多人以爱的名义在控制

如果你爱他，就去爱，不要等待。不要习惯当猎物，不要把自己放在被选择的境地。

微信上收到一个读者的提问，她说：

七哥，我被爱伤害了，很恐惧。我二十五岁，第一次真正谈恋爱。以前有很多男生追我，我没同意。我男朋友追了我一年，我才答应。但现在他没以前那么爱我了，他对别的女人也很感兴趣，跟别人约会。这样下去，他不再爱我，我会失去他！我该怎么办？

关注您两年了，我不知道该找谁，很无助！希望您有空能帮帮我。

您的铁杆粉丝：小叶

亲爱的小叶，你说被爱伤害了。不会的，不要被吓到，爱不会伤害你。

不要害怕，不要着急要答案，我们一起来聊聊爱的话题。

很多时候我们的大脑很狡猾，用很多种“模式”来欺骗别人，也欺骗我们自己。

以前有不少人追你，你没同意。但你一定喜欢这种被男人追求的感觉，女人都喜欢这种感觉。但你没意识到，这是个模式，也是个陷阱。

一旦别人开始追你，你就开始逃跑。逃跑就是鼓励别人继续追，你习惯了这种模式，喜欢上这种模式。你不会跑得太快，要是太快，别人就追不上了。你会展现出你美丽的一面，诱惑别人来追你。

这就是个游戏。这次别人追上了，游戏告一段落，这种兴奋感结束了。不只是你的兴奋感结束了，男友的兴奋感也结束了。

这不是一个好的模式，这是种猎物和猎人的模式。你喜欢自己当猎物，你喜欢让猎人追，你喜欢这种若即若离的刺激。但你要知道，每个猎人只会对没有到手的猎物感兴趣，一旦猎物到手了，猎人怎么还会对它有兴趣？他会对新的猎物有兴趣。不要怪你的男友，是你让他走入这个模式。

你需要走出这个模式，不要再等待。你不是猎物，他也不是猎人。你们都是独立的个体，只是相互吸引走到一起。

男友对其他女人感兴趣，这再正常不过了。正是因为他对其他女人感兴趣，才会对你也感兴趣。只是很多女人想不清楚这一点，觉得自己的丈夫只应对自己感兴趣，否则就是不爱自己。

错了！如果丈夫对大街上的女人不感兴趣，对电影里的女明星不感兴趣，怎么会对老婆感兴趣？如果你男友说除了你，他对任何女人都不感兴趣。要么是他在骗你，要么是他对你也不感兴趣了。

重要的不是他对你感不感兴趣，而是你对他感不感兴趣！重要的是你爱不爱他！

有人说：如果他爱我，我就爱他，他不爱我，我为什么还要爱他？

说这句话的人，不懂什么是爱。她以为自己能控制爱，但谁也控制不了爱！当爱发生的时候，你不知道为什么，但希望头脑中有个关于爱的逻辑，于是你就想：啊，他有事业心，长得还不错，虽然个子不高，但家境不错啊，对我也很好，所以我爱他。

多么合理的解释，实际却很愚蠢，但你相信。

再看看，世界上那么多人，爱上了一个不爱自己的人，就这么过了一生。不是他们想爱，是爱自己发生了。另外，爱也不是交易。如果爱是交易，怎么还会有那么多伤心人？

如果你爱他，就去爱，不要等待。不要习惯当猎物，不要把自己放在被选择的境地。

如果男友对别的女人感兴趣，并不妨碍你的爱。而且，这正是证明你对他的爱的时候。爱不是占有，不是控制，一旦爱成了占有和控制，爱就消失了。

太多人以爱的名义在控制。

父母从来不说自己占有小孩，也从来不说自己控制小孩，但他们实际上是这么做的。父母说希望小孩健康、快乐，但不允许他们叛逆，不允许他们不听话。就算是快乐，也要按照父母认同的方式来快乐。随便玩泥巴的快乐不能要，在地上乱爬乱丢东西的快乐不能要，喜欢说屎尿屁屁的快乐不能要……即使快乐也要被控制，但父母嘴里从来不说他们在控制孩子。

有的妻子从来不说自己占有丈夫，也从来不说自己控制丈夫，但她实际却是这么做的。丈夫在家，妻子需要他来陪；丈夫在外，妻子担心他有别的女人，随时打电话检查手机。她希望这个男人永远在她的控制之中。但她不会以为自己在控制丈夫，她以为这是爱他。这样的爱，会带来什么？控制带来的一定是背叛。控制的背后，本来就只有背叛。

虽然，你们已经在相爱，但要知道爱不是永恒的。

爱是活的，不是死的。爱既然会发生，也会消失。就像人会出生，也一定会死一样。怎么能只有出生，没有死亡呢？但很多人不明白，总期待让爱永恒，他们不知道，正是这种让爱永恒的期待，让爱不永恒。

玫瑰花开了，就会凋谢。有没有永远开放的玫瑰花？有，那是塑料花，是假的。真的东西，都不是永恒的。

你期待永恒的爱，对方也会期待永恒的爱，然后你们的重点不再是爱，而是永恒。你们害怕失去永恒，控制就会出现。不要忘了，自由，才是爱的本质。一旦有了控制，就不再自由，爱也会慢慢消失。

你说你被爱伤害了。不是的，爱不可能伤害你。伤害你的是你的控制，你的占有。爱只会让你温暖，让你快乐，让你充满力量，爱不可能伤害你。不要责怪你的男友，是你自己让爱消失了，所以你恐惧。

当爱不在的时候，恐惧会产生。你会害怕，你觉得即将失去所有，从此生活再也没有意义。但你要知道，这种恐惧是臆造出来的。就算爱消失了，你也没有失去任何东西，你的生活仍然精彩。想想在你谈恋爱之前，这二十多年你的生活过得不一样很精彩吗？

当然，事情没有我说得这么严重。你还可以继续爱。

当你不再嫉妒，不再占有，不再控制，只是去爱的时候，爱会重新回来。当爱回来，恐惧也会消失。爱会让你充满力量，你会发现世界都变得温柔，所有的花朵都变得温柔。当你走出这个模式，你男友也会走出这个模式。如果他还在追逐其他猎物，你也不会生气，你会像看着小孩闹情绪一样看着他。

不要担心失去他。你和他都是独立的个体，从来就不曾相互拥有，怎么会有失去？你感觉会失去的，不是男友，而是你的控制、你的期待。不要有期待，不要期待对方也来爱你。他爱不爱你是他的事情，你营造了爱的环境，他的爱会更容易发生。也不要害怕被伤害，爱不会伤害你。没有期待，怎么会有伤害？

如果某一天，你真的觉得爱已经不在，你可以停下来，转身离开。此时，你也不要否定爱曾经来过。总有人以为，现在不爱，那以前的爱都是假的。这种想法会把爱拒于千里之外，折磨人的一生。

我曾经跟你一样，害怕失去，以为自己被爱伤害。现在回头看，那一切并未真正发生，都只是头脑里编的许多故事。当觉察升起，才知道这个世界一直充满爱，世界本身就是爱。

祝你幸福！

顺境安适，般若无缘

人是矛盾的，事物也是矛盾的。就像我们每个人都追求快乐，但“追求快乐”本身却成了我们痛苦的来源。

最近一年多，我接触的人少了，接触的事少了，独处的时间自然多了很多。独处时，我经常会回顾以前的经历。当用另一种眼光来看自己过去的几十年时，有不一样的体验，是一件有趣的事，好似一个游戏，又像一场电影。

我看着自己从小到大，环境变化，心态变化，价值观变化，有时会心一笑，有时羞愧难当。我在想，每个人都和我差不多吧，人生充满了各种矛盾。

我最近一直在思考几句座右铭，感触颇深。我想，假如在二十岁时就看到这几句话，我或许会成为一个智者。当然，也可能那时我即使看到，也会不屑，就像现在有人看见这篇文章不屑一样。

这段座右铭是能海上师写的。

能海上师是一位公认的大成就者，弟子众多，现在五台山很多寺庙的住持是他的法脉。这是位了不起的人物。清末国家多难，他立志从戎，后担任云南讲武堂教官，朱德曾是他的学生，之后他回川任团长兼川北司令，再后来，三十九岁那年他毅然出家了。那是真正的上马杀敌，下马念佛。

能海上师详细的经历不谈了，今天我想说的是他的座右铭。

关于他的座右铭有不同的版本，但意思没有变化，关系不大。座右铭只有四句话，在当今物欲横流的社会，这就是警世名言啊！

1. 厚福受享，德行降落

享福和德行没有直接关系，这里是说如果一个人厚福受享，那他的德行肯定会降落。我不知其原理是什么，但貌似结果还真如此。

不过，有钱和厚福受享不一样。有人很有钱，却过着俭朴节约的生活；有人没什么钱，但天天名牌装扮、花天酒地；有人很有钱，却仍然勤奋努力地工作；有人没什么钱，却日日游手好闲、纸醉金迷……

什么是德行？

不好具体定义，我们看个新闻吧。

前几年天津有个九十三岁的老人走了，他蹬了二十多年三轮车，捐款捐了三十五万，资助了三百多个学生。他就是白方礼。

每每看到类似的消息，我都会被这种“德行”感动得热泪盈眶。这就是德行吧。

有没有觉得当今社会戾气越来越重？我想，可能是因为物质条件越来越好，人们德行降落了。

很多人都在努力赚更多的钱，住更好的房子，换更好的车子，买更好的衣服，用更好的家具，吃更好的食品。

或许不知不觉中，自己在别人眼里成了德行低下的人。

所以要经常提醒自己：厚福受享，德行降落。

2. 名誉光荣，我慢加等

小时候，老师问："你们长大了想干什么？"我们大部分人都会说：科学家、工程师、医生、老师、解放军……

现在的小朋友好像不这么想，他们想当明星、歌手、"网红"、演员……时代真是"进步"了！

现在很多人为了利，好像什么都能做。

有名就有利，绝大部分人，都希望自己更有名，这样更有影响力，也就更有"利"。所以无论企业还是个人，都在不断宣传自己。

有名以后，除了有利，还会有很强的优越感。所以，为了出名，有人不惜一切代价。出名也没问题，只是别忘了：名誉光荣，我慢加等！

一个人名气变大，他内心的傲慢也会增大。

这个我有发言权。

和普通人比，我应该算有点小名气。随着名声慢慢增大，内心潜移默化地发生了变化。开始还不觉得有什么，后来渐渐以为自己真是个人物，对周围人的态度也开始发生变化：越来越听不进批评，越来越放不下架子，越来越自以为是。

有人说，不尽然吧？我看很多名人表现得一点都不傲慢啊！

是啊，那是“表现”。你现在看见鬼脚七，他表现的不只是不傲慢，还很谦逊低调，但他内心时不时会觉得自己“高人一等”。为什么？因为他是“名人”啊！

名誉光荣，不只是指网络上的名声，日常生活中也是如此，当周围的人都在夸自己时，内心的骄傲会不知不觉升起。

所以，当越来越多的人夸你或者当你越来越出名时，提醒自己：名誉光荣，我慢加等！

3. 养生优厚，病难更多

看着好像不符合科学道理。越注意养生，应该得病越少吧！怎么会病难更多？

有人说，可能是因为他们身体不好，才开始注重养生的！有可能吧！

讲个故事。

我四爷爷，今年快九十岁了，年轻的时候手就残疾，现在种地、养羊、养猪、修路，他前些年还说要赚五十万，用来修教堂。他现在还经常蹬三轮车，摔了几次，不过都没大碍。虽然伤得不轻，过些天也就好了。有次受伤了，问他不怕疼吗，他说：“不要紧。有本事疼死我！疼不死我，还继续干！”

真是个倔强的老头啊！

无独有偶，蔡崇达写过一本书叫《皮囊》，当时看得我热泪盈眶。文中的阿太，一位九十九岁的老太太，没文化，她却教给作者具有启示力量的生活态度：“肉体是拿来用的，不是拿来伺候的。”

是啊，身体是拿来用的，不是拿来伺候的。只是很多人弄反了，终其一生，都在想方设法伺候这个身体。

养生优厚，病难更多。

如果你就是那种对养生很看重的人，看到这里或许会有些不舒服。

没事，你可以继续你的养生。但你不妨偶尔静下来思考一下，会不会真的是因为太注重养生，反而让身体问题更多？

提醒一下，不要理解成可以随意折腾自己的身体。

我想能海上师的意思，是不要太执着于身体吧！

4. 顺境安适，般若无缘

般若，也是智慧。

每个人都希望自己顺顺利利：读书顺顺利利考个好大学；顺顺利利毕业找个好工作；工作顺利不断晋级加薪；顺利谈个恋爱结个婚；顺利要个小孩……

以前我很羡慕那些一切都很顺利的人，他们家境好，长得好，成绩好，事业好，爱情好……直到有一天，我不羡慕他们了。因为我发现自己成长最快的阶段，都是自己最困难的时候。那些顺顺利利的日子，过着是很舒服，但过完之后，仿佛没有留下任何印记。

能力的增长，需要困难；智慧的增长，需要苦难。

所以当你身处顺境的时候，不要得意忘形，因为这样可能会让你和般若无缘。

当你身处逆境的时候，不要灰心丧气，因为这正是你增长智慧的机会。

座右铭讲完了。

你可以对照一下自己的行为：

厚福受享，德行降落。

名誉光荣，我慢加等。

养生优厚，病难更多。

顺境安适，般若无缘。

记住，是对照自己，不要用来对照别人！你懂的那些道理，要用在自己身上，而不是用来教导他人。

其实，没有人需要教导，除了自己。

生活总是矛盾的，看清楚这些矛盾，生活才会变得不矛盾。

有时看得越多，越觉得生活本身没那么有意思，那个“看”却变得很有意思起来。

我所理解的“佛系”

真正的“佛系”，会懂得一切都是“心”的显现。修行，就是在降伏其心。那些世俗的纷纷扰扰，对他来说：“有也可以，没有也行，看淡一切。”

当我从“淘系”成功转型为“佛系”时，“佛系”忽然成了一个热门词，这让我很惊讶。

有佛系歌手、佛系好友、佛系学生、佛系创业、佛系员工、佛系游戏、佛系考研、佛系恋爱……

何谓“佛系”？“有也可以，没有也行，看淡一切。”说得很好，但这只是表面，其实跟佛陀没什么关系。

有时“佛系”成为一些人不努力的借口，我认为这并不是“佛系”。不仅不是，还离得很远。

我理解的“佛系”，是不放松对自己的要求，又能做到“有也可以，没有也行，看淡一切”，这才是真正的“佛系”！

1. 真正的“佛系”有“大愿”

佛教中，所有大乘佛教的弟子，都肩负着普度众生的大愿，小乘佛教，也发愿要自身证果脱离苦海。

如何才能看淡一切？当你有更崇高的追求，就会对当下的诱惑看淡，好比你身家数亿，就不会跟别人争一个苹果了。

如何才能“发大愿”？

每个人都希望自己、父母和亲人过得好，这是最朴素的愿望。

如果你信佛，就会相信轮回。几万年、几亿年甚至几十亿、几百亿年来，你一直在不断轮回。按照概率，这个世界上每一个生命，至少做过一次你的父母。哪怕是地上的一只蚂蚁，哪怕是路边的一条流浪狗，哪怕是你现在头脑中最痛恨的那个人……

想想那些“曾经做过你父母”的众生，当他们在受苦，你能自己一个人享乐？真正的“佛系”，不会这样！所以他们会发大愿，去利益周围的人，利益众生！此时，他们对生活中的房子、车子抱有的想法就是“有也可以，没有也行，看淡一切”。

2. 真正的“佛系”，会“布施”

简单讲，布施就是把自己的东西不求回报地送给别人。

有人说，我生活压力大，有房贷有车贷，上有老下有小，哪有条件布施啊！

当然有！坐地铁给人让个座；把马路边的垃圾捡起来送进垃圾箱；路上有人抬东西你搭把手；同事忙不过来你帮一下；有人情绪低落你给予关怀和疏导……这一切都是布施。布施不只是布施金钱，一切都可以布施。

经常听见有人说，我以前对他那么好，他现在居然这样对我……说这种话的人，不是在布施。布施，是不求回报的。

《金刚经》云：“不住相布施，其福德不可思量。”

当你不求回报地布施，反而能获得无量福德。

真正的“佛系”，敢于布施自己的生命，更何况身外之物呢？佛陀如此，很多高僧大德也是如此。连生命都能布施，还有什么不可以布施的呢？这才是真正的“佛系”。他对自己所拥有的东西“有也可以，没有也行，看淡一切”。

3. 真正的“佛系”，会“持戒”

持戒不是佛教专用词，但佛系弟子很重视戒律，以戒为师。总有人以为戒律离自己太远！其实不然，每个人都在“持戒”，只是内容不同。

杀生、偷盗、邪淫、妄语、喝酒，是佛教规定的五大戒。但生活中还有很多戒，例如戒烟、戒酒、戒晚睡、戒游戏、戒女色、戒微信……所有成大事者，必定会很严格地持戒，也就是自律。有所戒，才能让自己更加专注，才可能有所成就。

佛系员工应该给自己定一些戒律：戒迟到、戒早退、戒网聊、戒上班时玩游戏、戒占公司便宜、戒公司政治、戒争名夺利……这样的员工对于晋升、涨工资能做到“有也可以，没有也行，看淡一切”，才是真正的佛系员工。

4. 真正的“佛系”，会“忍辱”

如果有人当着很多人骂你、说你坏话、揭你短处，你会怎么办？

真正的“佛系”的回应是依然对他非常恭敬，把这人当成良师益友。

有人偷了你很多钱，或者有人骗了你的钱，你该怎么办？

如果你是真正的“佛系”，还要给他祝福，祝他能早日改邪归正。

就算你没有过错，有人还要害你，你该怎么办？

如果你是真正的“佛系”，不要怨恨他，要对他升起悲悯之心，多去换位思考。因为真正的佛系，会相信一切发生都是因缘和合，所有事情的背后，都有潜在的因果。

能做到这样，才是真正的“佛系”！此时你才能对平时的那些不爽，“有也可以，没有也行，看淡一切”。

5. 真正的“佛系”，会“精进”

出家的僧人，不是一天到晚什么都不做。他们通常每天早上四点就起床，四点半上早课，有的上午、下午都要出坡干活，晚上诵经打坐。我在寺院待了几个月，并没有觉得比以前上班轻松。

你想想自己，每天起早贪黑忙忙碌碌是为了什么？不就是为了让一家老老小小几口人日子过得幸福一点快乐一点吗？

你为几口人的幸福就忙成这样，真正的佛系，为了让天下的众生都脱离苦海，不得不更加精进啊！

真正的佛系，知道人身难得、佛法难闻、轮回过患、诸漏皆苦、世事无常，所以他们为了众生的利益，会珍惜每一分每一秒，精进修行。

那些鸡毛蒜皮的事情，那些零零碎碎的小利益，真正的“佛系”没有时间去计较，所以“有也可以，没有也行，看淡一切”。

6. 真正的“佛系”，会“禅定”

不是让每个人都去坐“禅”。上次看梁冬采访蔡志忠，蔡老师说，他画画的时候，整个世界就只有他自己了。

我想那就是禅定状态。

真正的“佛系”，会专注把自己的事情做好，会在某件事上做十年、二十年甚至一辈子。现在社会节奏越来越快，让人们变得浮躁，心不安定。而禅定，就是让你的心安定下来。往小了说，就是安定在当下一刻，往大了说，就是一辈子只做一件事。

当你学会“持戒”，你的“心”受的干扰就少，慢慢会“安定”下来；当“心”安定下来，你会发现世界上一切事情都变得那么简单，此时，你充满智慧。由戒生定，由定生慧。

当你学会“禅定”，其他干扰对你来说就不是干扰，“有也可以，没有也行，看淡一切”。

真正的“佛系”，会发大愿、会布施、会持戒、会忍辱、会精进、会禅定，他们慢慢开启“般若”智慧。

“佛系”的老大佛陀说，一切有为法，如梦幻泡影，如露亦如电，应作如是观！

真正的“佛系”，会专注在降伏其心。那些世俗的纷纷扰扰，对他来说：“有也可以，没有也行，看淡一切。”

这，就是我所理解的“佛系”！

给上班族的七条建议

只考虑公司利益、他人利益，从不担心个人得失，这也就是“无我”吧。而这种“无我”，这种不计较得失的人，常常最后得到更多。

有读者问我：七哥，对一名上班族你有什么好的建议吗？

这是个好问题，今天来总结一下我对上班族的七点建议。

我工作了十七年，以前是上班族，从普通员工到 team leader（团队领袖），从基层主管做到公司高层。后来做自由职业者，也创业当过老板。我的建议应该具有一定参考价值。

1. 不要平衡生活和工作

有个小姑娘，做美工设计的，是我老乡，她问我如何平衡工作和生活。我说你才毕业两年，平衡什么呢，好好想办法提升能力吧。

别听那些人告诉你要平衡工作和生活，以你现在的阅历是做不到的。

现在不是工业化时代，而是互联网时代。工业化时代，你每天上班几小时，去工厂把事情做完就好，回家就是生活了；互联网时代，很多工作是通过网络，用手机完成的，生活中有工作，工作中有生活，你分得开吗？既然分不开，就不要刻意去区分了。

不用刻意去平衡，而要学会时间管理，把生活和工作当成一个整体来管理。它们本来就是一个整体，“人”是一个整体啊，无论工作的你，还是生活的你，都是你。只要整体是和谐健康的，多一点工作或者多一点生活没关系的。

如果你观察仔细，那些经常思考如何平衡工作和生活的人，他们的工作和生活常常并不如意。因为他们把平衡生活和工作，当成了一个借口。生活不好，他觉得是工作影响的；工作业绩差，他觉得是生活拖了后腿。真正的原因是什么？你要有自己的判断。

紧张一段时间，然后放松一段时间，然后再紧张一段时间，一张一弛，符合自然之道。

所以别去想什么平衡，而要做到全身心投入当下。

2. 别想混日子

我妈六十多岁了，总喜欢打听别人的职业，家里一来客人，就问人家做什么工作的，一个月赚多少钱。如果听人说他工作活儿少、工资高还离家近时，我妈就会说：“哎呀，真是一份好工作啊！”

我妈的观点，二十世纪七八十年代的时候确实如此，但现在反过来了。活儿少、工资高、离家近的工作，有时也是“最差”的工作。这样的工作，很容易导致人能力不增长，变懒、见识少、眼高手低，甚至把一个人废掉。

有人说，工资高，这总是优点吧！

工资高是暂时的，毕业两年工资每月两万算高工资吧，但毕业二十年还是每月两万，算高工资吗？就算两万一个月，交完税，除去生活开支，每月能存下八千算很不错了。一年十万，十年一百万，工作三十年还不够在北京五环买套房子。

我有个同学，毕业时找了一份在某事业单位做技术的工作，工资八千，每天朝九晚五，我们都羡慕啊。前两年聚会，他说工资涨到了一万多，买了个小房子，家里有俩小孩，日子过得紧紧巴巴。我问，你为什么不换个工作，他说："这十多年下来我感觉自己废掉了，除了单位那点事，什么都不会干。"

有人总觉得少干点活，多拿点工资，这样是自己占了便宜。其实搞错了，就算每年二十万白养一个员工，这点损失对公司来说也不算什么。真正损失的不是公司，而是他自己，浪费的是自己的人生！

所以千万别混日子，别想着占公司的便宜。

3. 别总想着公平

我经常会听人说，这不公平！生活中我们尽量想公平，但工作中，哪有那么多公平。

同一家公司，同一个部门，同一个岗位，不同的人，工资可能差别很大。工资一样的人，工作内容差别也很大。这个必须得承认！

很多公司的工资、奖金是不公开的，不让讨论。因为是不公平的。但这个不公平，在公司层面是公平的，只是具体到员工，觉得不公平而已。

人容易看见自己的优点，看见别人的缺点；习惯高看自己，看低别人。你认为自己的能力跟别人差不多的时候，十有八九是别人比你强不少。当你为自己的待遇鸣不平的时候，不妨想想，是不是自己高看自己了。

所以，在公司里，不要想公不公平的事情。去争取你想要的，能接受就好好干，不能接受就换个地方，无关乎公平。

4. 别理会老板的承诺

年轻人谈恋爱的时候，会海誓山盟，但最后一拍两散，甚至反目成仇的也不在少数。之前的海誓山盟都是虚伪的吗？记得我谈恋爱的时候，女友说要永远爱我，但后来分手的时候她说不爱我了。我很不理解，以前她是骗我的吗？

后来我才明白：永远有时不代表时间的长度，只代表当时对方爱你的深度。

工作中也是一样。有时候老板会给不少承诺，小到一顿饭或者项目奖金，大到期权股权。但到最后，老板的承诺大多兑现不了。并不是老板虚伪，而是他当时非常看重你，后来没那么重视了而已。

从理性的角度看，互联网时代一切变化很快，就像佛陀讲的“无常”，以后的事情谁能说得清楚呢？

所以，别理会老板的承诺，你该怎么做决定，还怎么做决定，只要没有落实到纸面上，就不要太当真，听听就好。偶尔用来给自己开解一下，别太认真。

5. 别把自己当外人

我有个小公司，由于人少事情多，公司招了个小伙子来做运营。偶尔让他兼职做点别的，他会推三阻四，但没办法还是得干。

后来他觉得不爽，公司负责人也觉得不爽，于是他离开了。公司里还有个姑娘，很积极，公司需要什么，她就做什么，一年多时间里，她做过线上运营、出纳、行政、产品设计、发货、售后客服，现在成了公司的核心成员。

我在阿里工作了九年，印象中有三个同事升职特别快，三四年时间，就从普通员工成了公司的核心骨干。我后来总结，他们都有个共同特点：时刻为公司着想，从不把自己当外人。

我上班也算比较努力的了，但有个同事比我更努力，每天下班回家后还写邮件，做PPT，周末也经常看见他的工作邮件。别人的项目，他也会出谋划策。他在公司晋升最快，不到三年，就从普通员工升到中层领导，负责最重要的业务。

一次我问他："你怎么会这么热爱工作呢？"

他说："无所谓热爱不热爱，既然做了这份工作，没有理由不做好。"

记住，这里有个前提：先要把自己手头的事情做好。如果交代给你的事情，还要别人来帮忙，这就成了本末倒置。

忽然想起佛陀说的"无我"。只考虑公司利益、他人利益，从不担心个人得失，这也就是"无我"吧。而这种"无我"，这种不计较得失的人，常常最后得到更多。就像老子说的：

圣人不积，既以为人，己愈有；既以与人，己愈多。

所以，无论公司大小，都不要把自己当成外人，要当成主人。

不论级别，不论岗位。

6. 别求安稳

人都希望生活安稳一点，希望变化少一点。但越安稳，越难成长，就像自然界一样：流水不腐户枢不蠹，不经历风雨不能见彩虹。

工作上也是这样的：越求安稳，你会越弱小。如果每天只做那些驾轻就熟的事，一年过后回头看，你会发现那是虚度光阴。

家庭要稳定，工作要变化。不要害怕挑战，不要害怕变化。我说的变化不是隔几个月换一个工作，而是要定一些有挑战性的目标，例如承接更有难度的项目，试着把自己放在一些不舒适的环境中。过程可能是痛苦的，但无论项目成败，你都是赢的，因为你一定会成长。

大修行者能海上师说："顺境安适，般若无缘。"

这不只是说修行，工作也是如此，这也就是我们经常说的要跳出舒适区。

有人说，我的工作本身就很安逸啊，这怎么办？

没关系，你可以给自己的工作定更高的目标。

一旦你觉得工作非常安稳，安稳很长时间了，你要警惕了，这不是好事。

7. 别忘了主动学习

工作后，很多人就不怎么学习了，或者从不主动学习。

有个小伙子，他说不喜欢现在的工作，觉得做设计有意思，还对做视频剪辑感兴趣。

我说："你怎么知道你喜欢那个工作呢？"

"两个月前设计师叫我帮忙剪辑视频，我试了一下，蛮有意思的。"

"你学会了吗？"

"那次只需要我做简单的操作，她很快就教会我了。多个视频，忙了两天，帮她做完了。其他的视频剪辑操作不会。"

"后来呢？你有继续学视频剪辑吗？"

"没有。"

后来我跟他说："如果你真感兴趣，完全可以每天抽一小时来学习视频剪辑。如果坚持一周，你就会基本操作了；如果你坚持半年，你应该就成这方面的专业人士了；如果你坚持三年，你应该是'大师'了吧。"

小伙子就是个典型例子。

所以，不要说自己太忙，不要说专业不对口，不要说没有经验不懂，只要坚持主动学习，一切都不是问题。

好，七点建议都讲完了。

有人问：有没有第八个建议？当然有，第八个建议是把以上七个建议再看一遍！

建议只是建议，不能当成教条，每个人都有独特性，建议不一定适合每个人。写了这么多，只是提供一些思考的方向，若有人看后能有所启发，善莫大焉。

第五章

人生处处是修行

绝妙的风景，

常在人迹罕至处呈现。

伟大的灵性，

会在走投无路时觉醒。

在写作中修行

智慧是每个人本自具足的。如果一个人智慧增长了，那一定是他的欲望和执着更少了，从而智慧展现得更多了，这也是修行进步的体现。

关于写作，我反思过很多次。

从 2013 年 1 月开始，已经写了六年多。当时我计划写十年，现在看来，应该能达到预期。

最开始写作是出于爱好，后来发现这是让自己增加影响力和做事业的很好的助力。换种方式说，写作既能有名又能赚钱。粉丝越多名气就越大，名气越大影响力就越大，做演讲、做培训、卖东西就能赚更多的钱。

这种想法一直持续到 2016 年，我短期出家期间，感受了很多，反思了很多。我问自己：是真想修行吗？是想真修行吗？

如果想真修行，就应该对自己诚实，不要自己骗自己。不能嘴里说得“高大上”，内心却还想着要更多的名利。

短期出家结束后，我很矛盾。一方面粉丝越来越多，事业蒸蒸日上；另一方面，这样下去对修行并没有帮助。这种冲突，让我有些不知所措。

到2017年，我开始不怎么写文章了，因为我想专心地去修行。既然要专心修行，“名”和“利”都是障碍。

这种状态一直持续到2018年，那是我写作最放松的一年。有很长一段时间我没写文章，公众号推送的大多是万能鹿的文章和以前的旧文，这让公司的小伙伴很为难了一阵。

直到前一段时间，我开始思考一件事：如何在写作中修行？

如果能做到在写作中修行，那就完美了！不负如来不负卿啊！

什么是修行？

我理解的修行，是降伏其心，这是过程，也是结果。如何降伏自心？在佛法中，有六种方法：布施、持戒、忍辱、精进、禅定、般若。

那么如何从这六方面入手，在写作中修行呢？

1. 布施

写文章是给读者看的。为什么要写？出发点是什么？这很重要。

布施讲财布施和法布施，财布施好理解。如果能传递出一些正能量和智慧，就是法布施。但我不认为自己有这个能力做法布施。这不是谦虚，相比认识的很多修行高人，他们懂得比我多，修行比我好，智慧比我高。

我无法保证我讲的方法是正确的，更不能保证观点没有偏颇，所以谈不上法布施。

我写得再好，能好过佛陀吗？佛经那么多，想学佛的朋友看佛经，一定比看我的文章更有价值。

那我的出发点是什么？

我写公众号最初的想法：做自己，做真实的自己。我写文章，只是为了展示真实的自己，无论对与错。哪怕只有一个读者读到我的文章，知道世上还有个人是这么思考问题，如此看待这个世界，在如此做事、如此生活，就够了。

一个人的成长需要读万卷书、行万里路、阅人无数。我愿成为读者个人成长中需要的“无数”分之一。

最终，我的文章对读者哪怕只有一点点借鉴，或者没有借鉴，只带来一点欢乐，也就够了。所以不要以为我说的就有道理，只当作参考和借鉴就好！

我的文章大多有赞赏收入，平均每篇文章有一千左右。我把这些钱基本都布施出去了，需要写捐款者名字的，我都写：文德和他的读者们。嗯，以后还可以直接改成文德的读者们。就把这些稿酬当成布施吧。

2. 持戒

写文章最容易犯的是“妄语”戒。说假话，说大话，说人坏话。自己没有做到，假装自己修行很好。或者写作是为了财，假装是为了布施。我曾受过居士菩萨戒，还受过沙弥十戒，这几年一直小心翼翼，尽量不让自己犯戒。

诚然，文章很难做到完全真实，有些文章，为了避免对现实生活中的某些人造成不好的影响，就需要对一些细节做处理。如果我明确说写的是小说，那肯定有编撰的成分，无论在小说里怎么说这是真的，那都不会是真的。

写作时，能否持戒，能否不贪心，对自己是个不小的考验，需要时时反观内心。

3. 忍辱

以前写完文章，看文章评论留言时，情绪会起伏不定。有人称赞几句，心情就好；有人批评几句，心里会愤愤不平。现在意识到，这是很好的修行对境。所谓修行对境，就是容易让自己起烦恼的场景。

现在我看评论，也偶尔回复读者评论。遇到那些夸我的，我提醒自己不起骄傲之心。这些都是有缘人，才会关注我，不喜欢的早就取消关注了。遇到那些批评我的，心里还是会不舒服。但这种念头刚起，觉察就会出现：哦，对境产生了。此时，我会微微一笑，置之一旁。

对我来说，看文章的留言评论，是练习忍辱的最好对境。

4. 精进

人都有惰性，我喜欢睡觉、喜欢看小说、喜欢无所事事。有时不愿写作，不是因为没时间，而是因为懒。

若我能精进一点，克服惰性，多写文章多思考，也是一种精进吧！

5. 禅定

这里的禅定是指专注力，不一定要打坐。写作也能锻炼人的专注力，至少我是如此。

我现在很少用手机，但还是放不下。写一篇文章需要两三小时，这两三小时里，我能保持专注吗？这是检验自己专注力很好的方法。

不只如此，写完文章后练习禅定更好。

写完文章后，我要看读者的评论、阅读量、点赞数、赞赏人数等，每几分钟就刷一次公众号的后台。这确实很容易扰乱自己的心。之前没有意识到这一点，认识到问题后，现在一旦有刷公众号后台的念头，觉察马上出现：哦，念头又起了。

此外，还有更进一步练习禅定的方法：时刻保持觉知，觉察自己每一刻的行动和念头。

我就是这样通过写作来练习禅定的。

6. 般若

般若，有智慧的意思。能做到写文章前觉察自己的出发点，写文章时保持真实不犯戒、保持专注，写完文章后能不为评论、阅读量、赞赏等所挂碍，平时能克服惰性多写文章，这本身就是智慧。

是否有智慧，还有个更明显的检验方式：文章是否写得越来越好了。

文章是否对人更有帮助，是否既通俗易懂又意义深刻，是否有更多人愿意分享和阅读。这都是衡量文章好坏的标准，当然，若被这些标准挂碍了，本身又不是智慧了。

那些都只是结果，如何能更有智慧？

最近这半年，我有个很深刻的体会是智慧是每个人本自具足的。如果一个人智慧增长了，那一定是他的欲望和执着更少了，从而智慧展现得更多了，这也是修行进步的体现。

以上是我关于在写作中修行的思考和实践。当然不是建议所有人都如此，有喜欢写作的，不妨参考一下。

有人说，我现在就是为名为利去写作。这也很正常，绝大多数人都是如此，我之前好多年也是如此。布施不能借鉴，其他的可以借鉴吧。

在失恋中修行

所有的痛苦，都会过去，无一例外。

有个问题，值得反复问：为何要修行？不同的人有不同的答案。要我说：

修行，不是为了过得幸福，
不是为了变得高尚，
也不是为了做一个好人，
而是为了降伏自心。

当明白了这个观点，生活中的一切经历都可用来修行，包括失恋。

对绝大多数人来说，失恋是一件不愿发生且极其痛苦的事，但也并非一无是处。少年会因为失恋而变得成熟，成年人会因为失恋而更珍惜感情，诗人会因为失恋而文思泉涌。哲学家说，失恋是伟大文学的创作源泉。

可能你并未经历过失恋，或者你早已从失恋中走出，但并不妨碍你阅读本文。因为它会告诉你“爱情”的真相，更何况你不知道下一次失恋会什么时候发生，就像不知道下一段感情什么时候开始一样，无论你现在是什么年纪。

有朋友大半夜给我发消息，他说过不下去了，觉得一切都失去了意义，想到了自杀。我以为他抑郁了，后来他说是失恋了。我大笑道：“放心吧，死不了！不就是个失恋吗？百分之九十的人都经历过，而且和你一样痛苦得想要自杀，现在不一样活得好好的嘛。”后来又提醒：好好珍惜此情此景啊，这种感觉可遇而不可求，一辈子也不会有几次。

事实确实如此。我认识那么多人，还没有谁一辈子都从失恋中走不出来，那个要自杀的朋友两个月后也开始了新的恋情。也有人失恋后痛苦了几年，那是因为他自己真不愿走出来啊。虽然失恋是一种痛苦，但它也是“甜蜜”的，容易让人上瘾。有人宁愿沉溺于失恋的痛苦，也不愿接受孤单和寂寞。

所有的痛苦，都会过去，无一例外。

因为你是人，所以必然会遇到痛苦；痛苦一定都会过去，因为你是人。

为何有的痛苦经历的时间长？如果想让皮球一直拍下去，在它要减弱时，需要手给它一个向下的力量。痛苦也是如此。痛苦的持续，也需要能量。当有人一直给它能量，痛苦就会持续存在。

如何是给痛苦能量？举个例子吧。小明失恋了，这些天茶不思饭不想，工作失去动力，生活失去了意义。过了一个星期，这种感觉慢慢减弱，他觉得好了一点，开始翻看以前的照片，回忆起和“她”的点点滴滴，他觉得生活失去了最重要的东西，一种悲伤涌上心头，以前的感觉又变得强烈起来，痛苦继续……其中“翻看以前的照片”，就是在给痛苦能量。

在失恋中修行的第一步：知道所有的痛苦一定都会过去，而且不再给痛苦能量。

接下来探讨一个话题：爱情到底是什么？

有人说婚姻是爱情的坟墓。并非如此。应该说，时间是谋杀爱情的凶手。

所有的爱情，开始都是美好的。那种怦然心动，那种欲说还休，那种紧张期盼，世上最美的感觉也不过如此；慢慢地，爱情变得如胶似漆，海誓山盟，这是热恋中的人；再过一段时间，开始出现各种矛盾，抱怨、指责，甚至彼此嫌弃……为何会有如此变化？

“爱”刚出现时，人们是不用头脑的，只是用“心”。心不讲逻辑，所以爱恋中的人们，是愚蠢的。愚蠢到哪怕只是看对方一眼，瞬间都会觉得很满足；愚蠢到只要对方一句话，自己愿意付出一切，甚至是生命。随着时间的推移，头脑出现了。头脑是讲逻辑的，人们开始变得聪明，学会了比较。为什么你对我不够好？为什么我付出这么多没有回报？为什么你还和别的异性朋友那么暧昧？为什么你不像别人的男友那么体贴……

看明白了吗？爱，是“心”的产物，而“爱情”，是头脑的游戏。所谓的“失恋”，也只是头脑的故事。所以啊，用“心”去爱，而不是用头脑分析。

如果你还不明白，可以看看王尔德的童话《夜莺与玫瑰》，里面讲述了“用心去爱”和“用头脑去爱”的区别。

所以，在失恋中修行的第二步：明白爱情是头脑的游戏，而且失恋只是头脑中的故事。

头脑很喜欢编故事。当一个男人爱上一个女人，头脑会想：啊，你看她多么漂亮，多么贤惠，多么文静，声音多么好听，所以我爱上了她；但当另外一个更漂亮更贤惠更文静声音更好听的女人出现，这个男人却对她毫无感觉。当一个女人爱上一个男人，头脑会想：啊，你看他多么英俊，多么有才华，多么温暖，所以我爱上了他。但当另一个更英俊更有才华更温暖的男人出现，这个女人却对他不屑一顾。

那到底为何会产生爱情?

很多时候，我们把原因归结为缘分。正如歌词所唱：百年修得同船渡，千年修得共枕眠。而爱情，就是缘分体现的一种形式。有的缘分深一点，相处时间会长；有的缘分浅一点，没过多久就分手了。

《大般涅槃经》有云：“爱有二种。一者饿鬼爱。二者法爱。真解脱者离饿鬼爱。怜悯众生故有法爱。如是法爱即真解脱。”

世俗许多所谓的爱情，正是“饿鬼爱”。不是吗？每个恋人都希望自己是对方的唯一，每个恋人都希望对方对自己好，每个恋人都不想失去对方。当你对着情人说：“我爱你！”此时你内心期待的是："我希望拥有你，你也要爱我，你只能跟我在一起，你不能跟别的异性暧昧……"这不正是想要得到想要占有的"饿鬼爱"吗？

所以，在失恋中修行的第三步：理解爱情产生的本质，只是因缘和合。

到这里，道理讲明白了。明白了道理，看看如何实践。

如果失恋了，陷入痛苦之中，看不到希望，要提醒自己：所有痛苦都会过去，此时的痛苦也不例外，不再给痛苦增加能量。

为了不给痛苦能量，有人选择移情别恋，有人选择用旅游来分散注意力，但最好的方式是"觉察"。学会看着"思念"，学会看着"痛苦"，看着思念而你不思念，看着痛苦而你并不痛苦，痛苦自然就没有能量了，这就是禅修中的"止"。

此时还不够，你还需明白，所谓的失恋，只是头脑的故事，所谓的爱情，也只是因缘和合。看清了"爱情"和"失恋"的本质，你自然不会为之烦恼了，就像你不会因为冰融化成水而烦恼一样，因为这些都是自然现象！

你能做到这一点，爱情已经不是爱情，失恋也不是失恋，一切都是因缘和合。这就是禅修中的"观"。你学会了"止观"，也就懂得了如何降伏自心。

这就是在失恋中修行。

你可以从头再看一遍文章，确保自己真正明白了文中所讲之法，因为它适用于生活中的一切痛苦：

一切痛苦都会过去！

一切遭遇都是头脑的故事！

一切发生都是因缘和合！

所有痛苦背后，都隐藏着你内心的执着。当你痛苦时，你可以向内看，发现自己在执着什么。然后看着你的执着，只是看着，不拒不迎，不跟随不评价。你会发现：看见便不再痛苦。

在嗔恨中修行

当你发现是自己的欲求不满导致的愤怒，便不会急着去责怪他人，愤怒便能慢慢抑制。

1

“嗔恨”这个词有点宗教化，但“恨”这个词很常见。

当你恨一个人，恨不得把他碎尸万段，恨不得吃他的肉，恨不得喝他的血，恨不得他出门被车撞……这些都是嗔恨！

有人说，我“恨”得也不多，那“愤怒”这个词肯定常见。

你经常火冒三丈，拍案而起，大发雷霆，控制不了自己的脾气，指着人家鼻子骂……这些都是愤怒！

有人因为别人开车加塞儿，下车把对方司机拖出来打一顿！

有人因为同事冤枉了自己，就拿刀把同事夫妇都杀了！

有人因为工资只涨了五百块，恨不得和老板一起从楼上跳下去！

……

虽然这很极端，但这些都是活生生的例子。在嗔恨的情绪中，任何极端的事情都有可能发生。

那么，如何在嗔恨中修行？

对不起，在嗔恨中没法修行。在所有的习气中，嗔恨是最妨碍修行的。“嗔是心中火，能烧功德林。”

但嗔恨不会时刻主宰着你，一旦觉察到自己有嗔恨有愤怒，就可以来修行，从而化解愤怒。

2

有人说，我就是脾气不好，经常控制不住自己，忍不住发脾气，越亲近的人越容易对他发脾气！

什么叫控制不住自己？实际就是被情绪控制了，也就成了情绪的奴隶，成了“心”的奴隶。

发脾气，是因为愤怒。愤怒是怎么产生的？愤怒是因为有人阻碍了你的欲望。

你想晋升，有人不让你晋升，你就愤怒；你想发财，有人破坏了这个机会，你就愤怒；你赶时间，前面有车挡路，你就愤怒；你喜欢上一个美女，有人横刀夺爱，你就愤怒；你想要儿子成绩好，他做不到，你就愤怒……

所以，当愤怒升起时，先不要指责对方哪里不对，而要看看自己内心有什么欲望被阻碍了。

很多人说自己脾气太大，多忍忍，脾气就变好了。这不可能，只要欲望还在，愤怒就一定会产生。就像你走在太阳下，影子一定会产生一样。

有人说，我可以忍。是的，你忍一次可以，再忍一次也行，等到第三次，你会咬着牙恶狠狠地说：“我忍你很久了！！！”

找到愤怒的根源，看见自己的欲望，才能减少愤怒。

当愤怒升起，看见自己的愤怒，然后看见自己的欲望，当你发现是自己的欲求不满导致的愤怒，便不会急着去责怪他人，愤怒便能慢慢抑制。就这么简单，如果你发现愤怒还在，其实不是它还在，是又起来了。你继续看见自己的愤怒，又看见自己的欲望，它又会消失。不断循环这个过程，直到愤怒不再出现为止。

这个过程就是觉察，也就是修行。

3

欲望没有好坏。想要做善事和想要杀人都是欲望。有人阻碍你杀人，你会愤怒；有人阻碍你做善事，你也会愤怒！

你愤怒，是因为你不想接受这个结果。

每个人做事都有自己的角度，当他人的行为和自己的角度不一样时，愤怒就可能产生。

修行越好的人，能接纳的范围越大。当一个人回归原点，能接受所有的角度，也就是说他愿意接受一切的发生，能接受所有的可能。

举个例子，有的父母在孩子第一次考试成绩不好时很生气，第二次成绩还不好时，不生气了，而是想办法帮助孩子一起进步；而另外一些父母，在孩子第二次成绩不好时更生气，把他打了一顿，而且不让他吃晚饭。第一类父母，是接纳了孩子成绩不好，而第二类父母还不肯接纳这个现实。第一类父母是跳出了成绩这个结果去看待学习的事，而第二类父母执着在成绩上，他们内心的欲望是我的孩子成绩一定要好！当孩子妨碍了他们这个欲望，他们就愤怒了！当孩子一再妨碍这个欲望，他们就更愤怒了！

对真正修行人来说，愤怒产生，应该感到高兴：哈，修行的机会又来了！有意思的是，只要开始这么想，愤怒瞬间就会减弱。

4

人愤怒时其实很痛苦，自己痛苦，对周围的所有事物都很不耐烦。

你因为公司的事情发脾气，回到家对家人也没有好脸色，此时小孩关门的声音大了一点，你就会大发雷霆："说了多少次，关门要轻一点，没长耳朵吗！"发完火，你坐在沙发上，觉得沙发太热；你坐凳子上，觉得凳子太硬；你看电视，发现节目很无聊；你刷朋友圈，发现那些人又在发心灵鸡汤……

此时，你已经陷入情绪的"地狱"之中了。

当你生命中出现痛苦的状态，使你受尽折磨的时候，如果你能觉察到自己被情绪左右，就会减轻愤怒，并会发现这是多奇妙的体验啊！愤怒原来是可以消解掉的。

5

愤怒是短暂的，嗔恨是长期的。嗔恨就像一颗种子，能在内心生根发芽。

有些时候，一开始你还没那么愤怒，回家越想越气，越想越不对，甚至食不能咽夜不能寐。如果没有发泄出来，也不懂化解，时间一长，嗔恨就长成了一棵大树。此时，你会发现生活越来越糟糕，以前别人对你不公平的事都想起来了，觉得周围的人都在针对你。任何事情，你都会先看到阴暗的一面。

当嗔恨长成一棵大树，你会把一切错误都归结于外界，归结于某些人或者某段经历。你可能经常想“杀”了某人，或者让某人去死，只有这样，你才会好受些；你可能觉得周围的人对自己都不好，想逃离，逃到一个没有人的地方，自己一个人待着，与世隔绝；你可能觉得生活太痛苦，想到自杀，你心想，自杀就可以让这一切结束。

有个小姑娘曾问过我：“是不是上辈子造业太多，才让我这辈子受这么多苦，是不是我死了就还清了？”

并非如此。死，怎么可能解决？以我的理解，带着这种痛苦自杀比现在更苦。

那么，有了嗔恨，岂不是无解了？当然不是。

6

在嗔恨中修行，有个前提：你真觉得愤怒不好，真觉得嗔恨不好，你想改变现状！

如果你认为嗔恨很正常，愤怒也很好，那就没关系。不用管什么觉察，看看电视剧、刷刷手机、抽根烟、喝个酒、聊个天，甚至去泡吧、足疗都挺好，生活还是继续过，偶尔也会感觉到放松和惬意。

这并非反话！

所有的改变，一定是来自内在。如果一个人不想改变，外人无法让他有任何变化。

有个朋友跟我说："七哥，你让我原谅我的老板，我做不到。我好歹是个海归，工资还不如她的一个小秘书。苦活儿累活儿都是我在做，辛苦一年，她只给我涨几百块，还满脸伪笑。我看着那张嘴脸都恶心，恨不得抽她几巴掌！"

我说："那你换工作啊！"

她说："没公司愿意要我。我改了简历，试着去面试，公司一听我三十多岁了还没小孩，就没下文了。"

我说："那你不感谢你老板收留你，还要抽她？"

她的回答是这个公司一般不辞退人，能留下来不是老板的恩惠，所以还是不能原谅她……

这就是她嗔恨的逻辑。在这种逻辑下，没有人能说服她。

悟性好的人，通过他人的经历或者看书，哪怕自己没有太多经历，也会去思考人生的真谛，从而走上修行的道路。

悟性一般的人，需要自己经过各种磨难，有繁华有落寞，有快乐有悲伤，在苦难中受磨炼，思考人生的意义，走上修行之路。

没有悟性的人，无论怎么折腾，也不会对修行产生任何兴趣。当有人跟他说修行时，他会嗤之以鼻。

老子说，上士闻道，勤而行之；中士闻道，若存若亡；下士闻道，大笑之。不笑不足以为道。

如果你真希望远离嗔恨和愤怒，不想那么痛苦，想要改变现状，就需要从内在产生好奇心，把心打开，问问自己，是不是真的想改变，以及如何改变。

7

当你觉察到内心有嗔恨，嗔恨很强烈。那恭喜你，修行的机会到了。你一旦跨过这关，会成长许多。

假设你有法术，你憎恨任何一个人，都可以瞬间把他毁灭。那么，把敌人毁灭了，嗔恨会消失吗？不会的。

就算把最恨的那个人毁灭了，你会发现还有其他的人很讨厌！你走到哪里，都有很多人针对你！走路时，有车故意弄脏你的裙子；坐车时，有人故意踩你一脚；搭出租时，司机故意绕路；找个公司上班，老板故意对你不公；平时周末休息，朋友请客不叫你……

敌人越来越多，此时该怎么办？向内求！

嗔恨是因为你欲望太多，或者是你不愿意接受某个结果。

那些结果真真假假，可能是头脑中产生的幻想，抑或是我执导致的。

人生如戏。不是如戏，人生本来就是一场戏。当你学会看戏时，好人、坏人都是演员，你自己也是演员。你发现有人入戏太深，把戏里的事情都当真了，又哭又笑，还伤害身边的演员，他们不是很可怜吗？

当你懂得看戏时，你内心就成长了。人经历得越多，能容忍的事就越多，能把人生当戏看的可能性也就越大。

向内求，不要去看敌人，而是去看你内心的嗔恨，用慈悲心去化解内心的嗔恨。心中没有嗔恨，天下没有敌人。

对于嗔恨，慈悲是最好的良药。

在吃饭中修行

禅饭一味。当你心无杂念地吃饭，觉知一直都在。任何一粒米，曾经都是一粒稻谷，也经历过整个世界。

一个人只要活着就要吃饭，凡人佛陀都是。今天想跟大家分享如何通过吃饭，减少自己的妄想执着，增长智慧。

1

很多人都熟悉《金刚经》，其一开篇，描述了佛陀吃饭的场景。

如是我闻。一时，佛在舍卫国祇树给孤独园，与大比丘众，千二百五十人俱。尔时，世尊食时，着衣持钵，入舍卫大城乞食。于其城中，次第乞已，还至本处。饭食讫，收衣钵，洗足已，敷座而坐。

大概意思是：我是如此听说的。那天，佛陀在一个大院子里，和一千多个和尚集会。要吃饭的时候，佛陀整理好衣服拿着钵，进城化缘。在城里挨家乞食，结束后回到之前的大院子，开始吃饭。吃完饭后，把衣服和钵盂整理好，洗了脚，敷座而坐。

看见没有，有一千多个信徒在场，佛陀大小事仍然自己做，包括去化缘乞食，包括饭食讫收衣钵，丝毫没有架子。而且佛陀吃饭很认真，在舍卫大城里乞食完成之后，要“还至本处”，不是在城里找个马路边就吃了。

2

现在的出家人已经不托钵乞食了，寺院一般都有斋堂，叫五观堂。为何叫五观堂？就是提醒所有人在吃饭前，要观想五方面的事情。

五观堂是哪五观？

计功多少，量彼来处；
忖己德行，全缺应供；
防心离过，贪等为宗；
正事良药，为疗形枯；
为成道业，故受此食。

如果你坚持这么观想，你会破除自己的贪心，也会减少口腹之欲。

口腹之欲有错吗？

欲望本身没有对错。欲望是引起烦恼和情绪的根源，也是遮住智慧的乌云。若想要增长智慧，需要看见欲望，放下对欲望的执着。

所以，第二件事，每次吃饭前做“五观想”。

有人说，吃饭也要观想？有没有简单点的？

3

如何通过吃饭来减肥？

人之所以胖，主要原因是吸取的营养过剩，转化成了脂肪。人之所以忍不住要吃更多，是觉得好吃，身体有想吃更多的欲望。

你吃饭时，一口饭菜咀嚼几下再吞下去？很多人平时都忽略了这个，现在人们普遍吃饭越来越快，咀嚼次数越来越少。据研究，每人每口平均咀嚼十五到二十次，但肥胖和超重的人咀嚼的次数会少很多。

还有个实验：

美国哈佛大学桑德·范图勒肯博士带领研究小组招募二十名女性志愿者，让她们各吃一大盘比萨饼，感到饱时停止进食。研究人员要求一半志愿者每口咀嚼十五下，其他人咀嚼三十五下。最后称量志愿者们吃剩的食物时，研究人员发现，咀嚼十五下的志愿者平均摄入 468 卡路里热量才能产生饱腹感，而其他志愿者平均摄入 342 卡路里就感觉到饱腹。

这个试验证明吃饭时咀嚼次数少，会想要摄入更多的能量。

再回忆一下，你平时吃饭时在干什么？

可能在聊天、看手机、想一些乱七八糟的事情……总之，你的心思没有放在吃饭上。

可以换一种方式吃饭。吃饭时，尽量不干别的，也不要想别的。把你的觉知放在嘴里，放在牙齿、舌头、口腔壁、饭菜上，正常咀嚼，每口咀嚼三十次。

你会好奇这样有什么好处？好处多了！除了能让你减肥，还可以有助睡眠，有助改善脾气……

有这么一个故事：

林清玄年轻时，因为失恋而痛苦不堪，吃饭不香，睡觉不甜。

禅师告诉他："人，需要修炼。"

林清玄问："怎么修炼啊？"

禅师说："饿了吃饭，困了睡觉。"

林清玄反问："难道吃饭、睡觉也是修炼吗？"

禅师说："同样是吃饭，同样是睡觉，却有不一样的结果。凡人吃饭时，左顾右盼，想这想那，千般计较，万般思虑；睡觉时，颠倒梦寐，梦这梦那，思绪万千。修行者，吃饭就是吃饭，睡觉就是睡觉，别无他念啊！"

如何才能做到别无他念？让你的觉知一直在吃饭本身。

所以，吃饭时把觉知放在嘴里，多咀嚼几次。

4

当每次吃饭都能想到佛陀吃饭的场景时，你已经在修行了，有益无害，还会升起很多善念。如不要傲慢，要亲力亲为，众生平等……

当吃饭前做“五观”的时候，你的贪欲会减少，你会谦卑，你会心生感激，不会那么执着……

当觉知一直放在吃饭上时，你心无杂念，慢慢安静下来，不会跟着念头飘飞……

当你欲望减少，执着减少，安静下来，智慧自然升起！

智慧是从内显现的。每个人都智慧具足，只因欲望和执着太多而无法显现。智慧就像太阳，而欲望与执着，就像一层层的乌云，当乌云散去，太阳自然光芒万丈。

5

禅饭一味。当你心无杂念地吃饭，觉知一直都在。任何一粒米，曾经都是一粒稻谷，也经历过整个世界。

这一粒稻谷曾经生长在田地里，经过阳光、雨水、空气、土壤的作用，阳光充足与否，土壤矿物质是否丰富，这些因素都会影响到这粒稻谷；

稻田曾经被人施肥，有的是有机肥，有的是化学肥，肥料的质量多少，肥料的成分如何，施肥时的天气怎样，这些因素都会影响到这粒稻谷；

稻谷在生长过程中，周围有什么草木，有什么鸟在那里唱歌，有什么样的汽车在不远处经过，这些因素都会影响到这粒稻谷；

后来，稻谷是如何被何人制成了稻米，又被哪个商人运到了南方或北方，最后做饭的那个厨师是否开心，这些因素都会影响到这粒米；

……

如果科学足够发达，对于这粒米的任何细微的影响，应该都能检测到，如果科学更厉害，是不是可以根据一粒米，还原所有它经过的场景呢？当然，现在科学只能知道这粒米有没有毒，有没有营养，肯定无法还原当时的场景。不知道几百年后科学能否做到。

但科学都不易做到的事，人却能还原一些。就像品茶师喝一口茶，就知道茶叶放了多久，是什么工艺制作，有没有打农药，茶树有多少年，海拔多高，什么土质，茶树边有什么植物……

通过觉察，还原茶叶生长的所有场景，这就是禅茶一味。通过觉察，还原一粒米经历的所有场景，这就是禅饭一味。

那正是：一米一世界，一叶一菩提。

在吵架中修行

人们之所以会吵架，是因为都认为对方做错了。其实双方都没有错，只是角度不同。

家家都有矛盾，包括夫妻之间、与孩子之间、与父母之间、与其他亲人之间。这些矛盾，轻则呵斥几句，重则赌气好多天，严重的则是家宅不宁。

人们之所以会吵架，是因为都认为对方做错了。即使一方承认自己有问题，也会认为对方有更大的问题。这就产生了冲突，于是吵架。

一旦要吵架，你要提起警觉：修行的机会来了。

其实双方都没有对错。你可能会反驳道，小孩总玩手机，难道不是错吗？我说了很多次他都不听，我不该发火吗？

这个逻辑有问题，他玩手机，你说了他不听，你为什么该发火？

仔细思考逻辑，你发火不在于他总玩手机，而在于他没听你的话！如果是这样，同样有问题，谁规定儿子一定要听父母的话？

当你内心有许多事不能接受，就会产生冲突。

当你内心一直在想对方的错，对方的问题，总有想找人评理的想法存在，这就是你修行的时候。

“包容”本身就是修行。想要练习包容，可以从身边的人开始。当你能包容身边的亲人，然后进一步扩大到同事朋友，最后能包容天下人，你就成了圣人。所以老子说，圣人不仁，以百姓为刍狗。

没有对错，并不意味着对生活中所有事都置之不理。该怎么做还是要怎么做，不用为此而“挂碍”！小孩玩游戏，该制止还是要制止，但不要为此吵架。

心无挂碍，凡夫即佛；一旦挂碍，佛即凡夫。

在吵架中修行，记住一条：没有对错。

有人不吵架，但喜欢“劝”架。

你看见某朋友情绪低落，问他怎么了，他会给你讲自己的遭遇：某某同事跟他明争暗斗，用了多么不光彩的手段。你听后很为朋友打抱不平，义愤填膺，真想替他出口气。

你闺密家庭不和，找你倾诉，细数老公多么不好多少缺点，她自己多么辛苦多么委曲求全，而且婆婆还总挑各种毛病。你听后觉得闺密太可怜，世道对她太不公，甚至想劝她离婚。

类似的事情我也经常遇到。

通常的做法，你会劝劝对方，或者帮对方想办法，这些都是人之常情。

但要讲求方法。

不要去计较对错。每个人都会认为自己对，对方错，否则就不会有委屈了。如果你听另外一方的诉说，可能观点马上会改变。

在教育孩子中修行

孩子会比家长更优秀，孩子是一个独立的个体，经历一些磨难和痛苦，对孩子的成长并非坏事。

辅导孩子写作业，容易产生情绪，这不是所有人都会遇到的。有的父母根本不辅导孩子写作业，也就不存在问题。但所有父母，都会为孩子担心和焦虑，无一例外。

幼儿时，父母担心孩子说话、走路、身体发育等是否按照生长标准发展；孩子开始读书了，担心其生活习惯、学习成绩的问题；孩子再大一点，遇到叛逆期，发现孩子不喜欢跟自己交流，有自己的秘密了，家长更焦虑了；更大一点，开始担心小孩考大学的问题、早恋的问题；上了大学，担忧孩子找工作的问题，找对象的问题……

总之，对父母来说，担心和焦虑从来不会消失。

所有父母，都希望孩子身体健康，希望孩子成绩好，希望孩子懂礼貌，希望孩子有特长，希望孩子聪明，希望孩子长得漂亮，希望孩子勤奋，希望孩子性格好习惯好……

总之，在父母内心有个标尺，孩子要是不符合预期，父母就开始焦虑。

父母之所以产生焦虑，主要的原因是把孩子当成了自己人生寄托的一部分。那些对孩子期望过高的父母，大多不够自信，甚至自卑。觉得自己的人生不够成功，所以去要求孩子，希望孩子能优秀，能出人头地。

但问题来了：凭什么是你的孩子很优秀？

我看过很多家庭的小孩，教育很严格，小孩开始还比较优秀，但后来普遍平庸，甚至出现各种问题。并不是指平庸多不好，而是说那种小时候的优秀，并没有长久。

朋友家的孩子，父母对他从小要求特严格，必须考第一，必须考一百分。后来他自己也习惯了这种要求，很勤奋，成绩特别优秀，小学毕业时，被重点初中特招。一次期末考试得了班级第二名，在家捶胸顿足，号啕大哭，好几天情绪低落。为何？因为没有考到第一名。

你觉得这是好事吗？他父母现在也不认为这是好事，他们以前焦虑孩子的学习成绩，现在焦虑他的心理素质。

在教育孩子时不自觉产生焦虑的父母，也许下面三个建议能对您有所帮助。

家长要明白：孩子是一个独立的个体。

你把孩子当成独立的个体，就像当成你的邻居一样。邻居习惯不好，你会善意提醒，多次不听，你也只好接受。邻居有困难，你善意去帮他，多次无效，你也只好接受。孩子是独立的个体，你帮助他教育他的时候，前提是要先尊重他。

家长要相信：孩子都会比家长优秀。

你发现自己的父母有很多不好的习惯，可能不觉得这有什么关系。但你仔细想想，自己的父母好像已经跟不上这个时代了吧？你总能发现他们很多不好的习惯吧？二十年后，你的孩子也会这么看你。孩子比家长优秀，这符合社会发展的规律。既然他以后会比你自己优秀，你还担心什么呢？接受他现在的不足吧。

家长要知道：经历一些磨难和痛苦，对孩子成长并非坏事。

你总想把最好的给孩子，把可能的困难和危险先替他解决掉；只要他提出要求，很快就满足；一旦情绪低落，就赶紧去安慰陪伴，甚至会到学校帮他申冤……这种孩子很难长大。孩子的成长，家长不能代劳，在一段时间里，要让他自己经历成长，可能是委屈、痛苦，但经历这些才是真实的人生。

明白了这三个道理，更重要的是落实到日常，“口说心行”。此时你可以做的是陪伴和引导。就像种了一棵树，你能做的就是浇水施肥，看管好它。这棵树如何长？能长多高？能长多粗？会长成什么样？每棵树都有自己的选择。

对待孩子是如此，对待其他人也是如此。

每个人都是独立的个体，他有自己要经历的痛苦，也有自己要获得的幸福。换句话说，人生所有经历的路，都是必经之路。你可以做的是陪伴和引导。因上努力，果上随缘。

在教育孩子时的修行，记住一点：学会放手！

最后送一首纪伯伦的诗，作为结束。

论孩子

纪伯伦 著　冰心 译

你们的孩子，都不是你们的孩子，

乃是“生命”为自己所渴望的儿女。

他们是借你们而来，却不是从你们而来，

他们虽和你们同在，却不属于你们。

你们可以给他们以爱，却不可给他们以思想，

因为他们有自己的思想。

你们可以荫庇他们的身体，却不能荫庇他们的灵魂，

因为他们的灵魂，是住在“明日”的宅中，那是你们在梦中也不能想见的。

你们可以努力去模仿他们，却不能使他们来像你们，

因为生命是不倒行的，也不与“昨日”一同停留。

你们是弓，你们的孩子是从弦上发出的生命的箭矢。

那射者在无穷之中看定了目标，也用神力将你们引满，使他的箭矢迅疾而遥远地射了出去。

让你们在射者手中的“弯曲”成为喜乐吧。

因为他爱那飞出的箭，也爱那静止的弓。

在工作中修行

一个人想提升自己，应该具备这种观念：过去的事，我全接受；未来的事，我能改变！

有人问我信不信命。我说，信，又不信。

信，是相信人生中会遇到一些事、一些人，是注定的。

不信，是相信人生中还未发生的诸多事，是会变化的。之所以变化，是因为现在的行为会改变未来的结果。好比过去播下一粒种子，已长成了树苗，但若现在我把树苗折断了，此树苗可能就此夭折。若我经常给树苗浇水、施肥，此树苗就会长得更快！

一个人想提升自己，应该具备这种观念：过去的事，我全接受；未来的事，我能改变！

这篇文章的主题，是如何在工作中修行，很多人乍一看，心里纳闷，工作中也能修行吗？可以的。

1

李白和王维是同时代的伟大诗人，都经历过安史之乱，其间王维被迫做了安禄山的宰相，李白跟着皇子李璘平定叛乱。安史之乱后，王维受牵连，唐肃宗要杀他；李璘谋反，李白受牵连，唐肃宗也要杀他！后来有人说王维不是真要投降，有当时他写的诗为证，于是唐肃宗放了王维，后来还升官任右丞相，到老归隐终南山；而李白被牵连谋反，证据确凿，有诗为证，因郭子仪求情才免除一死，被流放到夜郎国，后来大赦时才得以返回金陵，三年后，郁郁而终。

同样两位才华横溢的诗人，同样受安史之乱牵连，结局何其悬殊。原因何在？两人运气不同吧！

鲁迅文集《彷徨》中有篇文章《在酒楼上》，描写鲁迅和十年前的同事吕纬甫相遇，鲁迅问他以后如何打算，吕纬甫说了一段话：

“以后？——我不知道。你看我们那时预想的事可有一件如意？我现在什么也不知道，连明天怎样也不知道……”

吕纬甫的经历，让人唏嘘不已。

刘宝瑞先生有个相声《连升三级》。明朝的张好古，一个字不认识，上京赶考，因为偶遇魏忠贤莫名中了榜眼，后来又因魏忠贤倒台之事，官运亨通，连升三级。

张好古的经历，让人捧腹不止。

吕纬甫和张好古，满腹经纶的活得落魄不堪，不识一字的却连升三级。原因何在？两人运气不同吧！

2

有人工资每月一千六，有人年薪六百万；

有人因为几千块钱的债务被逼得要寻短见，有人一顿饭要花好几千；

有人去了某个创业公司，三年后，公司倒闭了；有人去了另一家创业公司，三年后，公司上市了；

有人上大学选了热门的金融专业，毕业时遇金融危机大裁员；有人上了冷门的文学专业，毕业时自媒体火爆，数家公司抢着要；

两同学毕业都去了某家报社，一年后，一人得到晋升，一人却被开除了；

还是这两同学，得到晋升的人，开始很得意，后来每天在报社做些杂事不思进取；被开除的人，开始很沮丧，但后来做自媒体，勤奋写作，文章被广泛传播，名利双收。

所以，基础相同的人，可能发展不同，基础不同的人发展更可能不同；起点低的人可能最终走得高，起点高的人也许最终并不得志。这都是他们对自己生活加以不同作用的结果。

3

如果你还没有工作，那么去找份工作，可以从最基础的做起，例如做服务员、送外卖、开专车等。不要嫌条件差，不要嫌辛苦。条件差，太辛苦，本身就是磨炼自己的机会。但有个前提，心态一定要好。从内心里要乐意为别人服务，这才是积累。如果整天抱怨这个抱怨那个，一会儿说公司太抠门，一会儿说客人太刁钻，你的境况只会越来越差：你任何工作都做不长久，找工作会越来越难，遇到的老板同事和客人也会越来越面目可憎。

如果你有工作，如果你是基层员工，记住两个词：精进，忍辱。

精进，是指你要做得比别人更认真，工作时间更长，主动性更高，踏实努力工作。无论是在民营企业还是国有企业，都应如此。有人会说我那么努力，老板也看不到，不是等于白努力吗？精进不是为了得到老板认可，是给你自己积累提升！所以，多加加班，工作卖力、辛苦一点，对你没有坏处。俗话说：吃亏是福！意思是你自己多吃点亏，就是在积累。

忍辱，是指你不要抱怨。不只是嘴上不抱怨，内心也不抱怨。不要总看那些不公平的事，不要觉得自己付出多就应该收获多，不要想这些。不信，你看那些在公司里整天怨天尤人的人，无论多努力，总是混得不好，换个工作也大同小异！所以，请从内心里接受生活的不公平，对于他人的讽刺讥笑，一笑而过。

对基层员工来说，不用看别人，做好自己的事，把公司交代的事情做好，不用去计较批评或者抱怨不公平，自然会一点一滴地积累起来。

如果你是中层管理者，记住两个词：禅定、布施。

禅定，就是专注于工作本身。中层管理者，有能力，有地位，很容易被其他事务分散精力，例如去外面参会演讲，经营自媒体等，这些都不合适。应该专注自己的本职工作，做好业务，带好团队。不要操心公司整体经营问题，不要整日议论什么战略、文化、公司八卦什么的！

布施，是让你帮助他人。管理者有团队，帮助员工成长，给新员工做培训，这里要提醒的是帮助要集中在工作，不要涉及生活。

不和别的团队抢功劳，把功劳让给别人又何妨？

其实，对于中层管理者的行为，老板能看得一清二楚，不要小瞧老板的眼光。如果你是公司高管，你的部下做到“禅定”和“布施”，你会想提拔他吗？有人说我公司就不一定。也没关系，你的厚积不在这家公司薄发，也可能会在别的地方出现。例如你的客户把你挖过去后工资翻倍了，也可能你面对这个领域有了更多选择……

如果你是公司高管，记住两个词：持戒、般若。

能做到公司高管，能力已经得到了肯定，此时容易得意忘形，持戒，让自己保持平和和冷静是最需要的修行。般若，是凭智慧做事，而不是凭一时的冲动。什么叫智慧？当你安静时，对一件事情的判断或评价，就是智慧。可能没有那么清晰的原则和逻辑，但你照此去做，十有八九是对的。如何让自己安静下来？可以学习禅坐，可以抄经，可以一个人散步，可以练习觉察……

如果你是创业者，是企业老板，或者是做生意的商人，你要注意两方面：走正道，做善事。相信事物的正常规律，一些赚快钱的邪道不要走，厚积薄发，对客户好一点，公司财务严谨正规，这些都是走正道；可以带领公司参与或发起一些公益活动，个人也多做做慈善，修桥补路，帮助朋友，多做善事。这既是对社会的反哺，也是对个人内心的滋养。

虽然分了四种情况讲，但对每个人来说，布施、持戒、忍辱、精进、禅定、般若，这些都可以同时实行，并不冲突。做这些事时，有三点要注意：

一、内心一定不要有抱怨和嗔恨。

二、不要期待公司或者他人给予回报。回报会体现在哪里，你根本无从知晓，别找理由，只管做就好了。

三、要真的去实践。每天对照一下自己的行为，看看是否做到了。

4

做到这些，你的能力和人生的境界自然会越来越好，运气自然也会越来越好。

诸恶莫作，众善奉行。

在病痛中修行

不要太执着这个身体。身体只是个身体，并不是你自己。

1

有人问："为什么要修行？"

我说："为了从苦中解脱出来。"

"我不觉得苦啊？"

"那就不用修行！"

如果你没感受到生活中的苦，是真不用修行。一个小孩子每天玩得开心死了，你跟他讲修行，没必要。

如果你真的体会到了烦恼，觉得生活烦恼好多，真是好苦啊！就会开始思考：如何才能减少痛苦呢?

慧远上次跟我说，修行是为了让人获得幸福。

我说："不是的。"修行不会让你幸福，也不会让你不幸福。幸福的定义太不确定了，每个人对幸福的理解都不一样。

修行，可以让你增长智慧，让你能从苦中解脱出来。

2

人之所以有痛苦，来源于“我执”：我被冤枉了，我收入不高，他居然骂我，有人说我长得丑，我腿好痛……因为这些事，你产生烦恼！这些都是“我执”。我执里执着最大的就是这个“身体”。

你无时无刻不在伺候这个身体：它冷了赶紧加衣服，它热了赶紧开空调，它怕晒就赶紧戴帽子，它怕累就不出门，它饿了就找一堆东西吃，它病了就躺在床上哼哼……

为了让身体更漂亮，你敷面膜、去健身、去爬山、吃减肥药……甚至还可能去整容。

之所以你会如此执着于身体，是因为把身体当成了你自己。你会用手指着自己鼻子说：“看看我。”鼻子肯定不是你，就算没有鼻子，你也还在；那身体其他部位是你吗？如果四肢都断了，你还存在吗？霍金患有卢伽雷氏症，全身瘫痪，只有三个手指头能动，他照样是个大科学家……

不要太执着于这个身体。身体只是个身体，并不是你自己。如果你仔细探寻，并没有一个实体的“你”存在，这就是佛学中讲的“无我”。

3

人只要活着，就要吃五谷杂粮；只要吃五谷杂粮，肯定会生病；只要生病，肯定会不舒服。

所以，人只要活着，肯定会有不舒服。这不可避免，就像天有时晴有时下雨不可避免一样。

“十不求行”中，第一条就是：念身不求无病，身无病则贪欲易生。

你身体太好，一直不生病，各种贪欲就容易产生，贪欲产生，更多其他“苦”也跟着来了。如果身体有病，你容易认识到这个身体本身是“苦”，对身体的执着反而容易减轻。

所以，身体没有病挺好，有病了也不用抱怨。因为病痛带来不舒服的同时，确实也会带来一些修行的契机：会让你认清真相，减少执着，对人生、世界思考更多。

你可能会问：“就算道理懂了，但得了病，身体不舒服是真的，痛苦也是真的啊！怎么办？”得病了，就得看病，轻一点的吃药，重一点的去医院。这点要清楚，本文探讨的不是治病，只是化解病痛带来的负面情绪。

4

我讲一个经验：我是如何欺骗“头脑”，坦然面对那些“不舒服”的。

请安静下来，思考一个问题：有时你觉得头皮痒，你是怎么知道的？

不要轻易回答，仔细想想。

“痒”是一个感觉，你觉察到这个感觉，然后有后续行动：“挠挠”。

所谓的感觉，本质是一个“念头”，这个念头告诉你“痒正在头部发生”。

同样，当你生病时，“痛”是一个念头；“难受”也是一个念头；

“不舒服”也是一个念头；“脚麻了”也是一个念头；“骨折了”也是一个念头……你知道的这些“症状”都只是一个念头。

不用管身体具体发生了什么，只去关注你的感觉，这些信息传递到你头脑中，都只是一个“念头”，类似科学术语说的脑电波。而且这些念头，跟其他的念头本质没有区别，例如“很舒服”的念头，“有个人来了”的念头，“想吃顿好吃的”的念头，念头都是一样的，只是你针对这些念头后续要采取的行为不一样。

如果知道了这些念头，你不采取行动呢?

举个例子，头脑中冒出一个念头“想吃顿好吃的”，然后你决定打电话给男朋友，让他陪你出来吃夜宵，这就是后续行动。如果意识到这个念头“想吃顿好吃的”，你告诉自己，哦，这是个念头。这就是不跟随，没有采取行动。

不跟随念头走，这需要很仔细地觉察，因为一不小心就会跟着走。

“肚子好痛”念头来了，本来你习惯的动作是嘴里喊着“我的妈呀，疼死我了”，然后身体蜷起来，这样感觉好一点。这些就是后续行动。如果不跟随念头，会如何？“肚子好痛”念头来了，你告诉自己，哦，这是个念头。

然后接着觉察，此时又有一个念头：“这个方法管用吗？”你告诉自己，哦，这是个念头。

然后接着觉察，“肚子好痛”，你告诉自己，哦，这是个念头。

然后接着觉察，“鬼脚七的文章不知道更新没有”，你告诉自己，哦，这是个念头。

然后接着觉察，“明天要不要请假？”你告诉自己，哦，这是个念头。

然后接着觉察，“肚子好痛”，你告诉自己，哦，这是个念头。

这就是“观念头”！只要你愿意，能一直觉察下去。如果一直观下去，身体痛不痛，已经不重要了，都只是念头！

不过看似简单，人很容易就会被念头带走了，也就是跟随念头走了。如果你觉察到跟随了，也没关系，马上接着觉察下一个念头。

“觉察”是最简单也是最强大的修行方法。

一开始很多人坚持不了，这很正常。一次能觉察哪怕几秒钟，练习多了，就可以持续更长时间。

5

人不喜欢生病也不喜欢痛苦，其中一个原因是：承受这些痛苦没有任何意义。正因为这些痛苦没有意义，人会觉得更加痛苦。

相反，若能让这些痛苦变得有意义，痛苦自然会减轻。我介绍一个自己常用的方法：发愿。

每当我感冒时，我会在心中默念：让世界上所有人因感冒带来的痛苦，都由我来承受吧！愿他们都能身体健康！每当我失眠时，我会在心中默念：让世界上所有人因失眠带来的痛苦，都由我来承受吧！愿他们都能睡个好觉！

此时，我的感冒和失眠都有了意义。内心不再排斥由此带来的各种不舒服，而且还会被自己感动。

或许你觉得自己做不到，不可能替那些陌生人去承担痛苦，但你一定愿意替父母、爱人、小孩去承担痛苦。是的，当亲人生病时，我们经常内心会想：让我来替他受苦吧，只要他能好起来……所以，你可以从身边的亲人开始，发愿替他们承受痛苦，慢慢扩展到你的邻居、朋友、同事，最后到所有人，甚至众生！

当你这么尝试做了，哪怕你心里不这么想，仅仅只是嘴上如此念几句，你都会神奇地发现痛苦真的减轻了……

这么发愿，会不会让别人的痛苦都转到自己身上，让自己的身体受到更多的伤害？实际上，当你发愿替别人承受痛苦时，唯一会受到伤害的，只是你的“我执”！

当我生病了，或者受伤了，我提醒自己：身体不是用来伺候的，不要太执着这个身体；然后告诉自己：生病也不是坏事，可以让自己更好地观察自己、了解自己。接下来可以练习觉察念头，觉察自己的每个念头，不要跟随，跟随了也没关系，继续觉察。觉察累了，我就发愿：让众生的痛苦，都由我来承担吧！

在阅读中修行

阅读本身就是修行。全神贯注地阅读，会让你安静下来。

上次有人问我：哪个习惯对你帮助最大？我回答：阅读。

阅读是大自然赋予人类的一项伟大权利。猴子很聪明，但它们从来不阅读，再聪明的金毛也不阅读；《聊斋志异》里狐精鬼怪貌似也不阅读，它们只是常去帮助那些读书的书生；电视里天上的神仙从不阅读，每天只是饮酒作乐；地狱里受苦的众生更没有机会阅读了。只有人才阅读。

阅读，要有阅读的态度。阅读时，要真心实意，心无旁骛，去理解每个词语，去关注它们之间的联系，去想象作者描述的场景，去聆听作者要传达的声音。阅读时，要从容而优雅。

阅读，要读好书，读那些经过时间淘洗的书，读经典的作品。

什么是经典的作品？卡尔维诺说：经典作品就是那种哪怕我们第一次读也好像是读以前读过的书，也是那种我们每次重读，都像第一次读那样带来发现的书；经典作品是那些，我们越是道听途说，以为我们懂了，当我们实际读它们，就越是觉得它们独特、意想不到和新颖的书。经典作品是一些能产生某种特殊影响的书，它们要么自己以遗忘的方式给我们的想象力打下印记，要么乔装成个人或集体的无意识隐藏在深层记忆中。

阅读，一定要远离那些功利的书。读伟大的著作，不一定让人变得伟大，但读功利的书，容易让人变得功利。不只是要远离功利的书，而且不要带有功利心地阅读，除非你是在学习某个专业。如果阅读一定要有目的，那阅读本身就是目的。

如何是在阅读中修行？

有人喜欢读人物传记，受到其主人公经历的鼓舞和激励，因此发愤图强；有人喜欢读智者写的书，用书中的方式来指导自己的日常修行。这当然不错，但这是学习，并不算在阅读中修行。

如何是在阅读中修行？其实，阅读本身就是修行。

全神贯注地阅读，会让你安静下来。那些纷繁复杂的妄念，那些野心和欲望，那些焦虑和彷徨，都会在你全神贯注地阅读中消失，只有主人公的悲欢离合或作者的喃喃私语会印在你的脑海。在这个时代，每日都能有片刻的安静，很是不易。

阅读时去体验每个角色的情感和经历。去体会林黛玉初入贾府的敏感和谨慎，去感受武二郎酒后打虎的惊心动魄与豪情，去揣摩林冲在妻子受辱后仍然委曲求全的矛盾和无奈，去经历唐玄奘面对杳无人烟的八百里沙漠时的绝望和信念。正所谓“携书如历三千世，无书唯度一平生”。一个经历世事的老人，通常会比较睿智。

而一个会阅读的年轻人，能通过读书来增加自己的见识，也会变得睿智。

修行，并非要放下一切，而是要放下对一切的执着。如何才能放下执着？对普通人来说，必须自己经历过各种大起大落，才会看破放下。而悟性好的人，他们通过观察周围发生的事，就能看破放下。如果学会了阅读，就能通过阅读而经历，通过经历而放下。

试想，如果你与贾宝玉一样，经历了家族的繁华与没落，心爱之人的生离死别，再回到现代，面对生活中的琐碎与无奈，你会是何种心境？试想，如果你和屈原一样，经历年少成名位高权重，又被多次流放，看着自己的国家灭亡，再回到现代，面对公司里的磕磕碰碰，你会是何种心境？试想，如果你和文天祥一样，年轻时高中状元，但国破家亡，起兵反抗又被捕入狱，随后誓死不降，再回到现代，面对家里那本难念的经，你会是何种心境？你一定会一笑而过吧。

一边阅读，一边体验。

要体验书中人物的经历，并非易事。看书中有人冲冠一怒为红颜，看得热血沸腾，但自己在现实生活中依然忍气吞声懦弱不堪；看书中有小人物肩负使命，坚韧不拔，一步一步崛起，看得大为敬佩，但自己在现实生活中依然懒散如昔一事无成。这种看不是体验，只是一名看客。如何才是体验？你可以学以致用！你羡慕他，为何不能效仿他？你崇拜他，为何不能成为他？可能你觉得自己做不到，你会担心会害怕。此时，看见你的担心与害怕，看见你的惰性与习气，试着克服它们。不要觉得书中的人物离你很远。不，你可以成为他们啊，只要你愿意。真正的困难，不在外面，而在你的内心。

人生本身就是一场写作，你是主角，你也是作者，你在编写自己的故事。此时，有什么让你害怕呢？就算结局并非皆大欢喜，那又如何？同时，你还是阅读者，生活中的每一天，你都在阅读自己的故事，这是多么神奇而有趣的一件事情啊！

这就是在阅读中修行。

第六章

老子的智慧

人人本来智慧具足，

只因欲望和执着，蒙蔽了智慧。

就像太阳一直都在，

只是因为乌云太多，

遮住了光芒。

希言自然

有一种禅修需要止语，一句话都不能说。语言是工具，但真正的修行应该超越语言。

希言自然。

故飘风不终朝，骤雨不终日。

孰为此者？天地。天地尚不能久，而况于人乎？

——《老子》第二十三章

少说话显然是符合自然道理的。

所以，狂风不会持续刮一个早晨，暴雨也不会持续下一整天。是谁在刮大风下大雨啊？是天地。天地尚且不能持久，更何况是人呢？

孟子曰："人之患在好为人师。"我也不例外，每当看到"希言自然"的时候，我有些脸红。

渐渐发现，有时说得多其实没有多大用处。我上学时成绩不错，每次放假都要教导表弟、表妹们如何学习，但他们念书成绩都一般；上班后，找一些表现差的员工做思想工作，也没见几个有改进的；朋友遇到感情问题，我也去开导，从来没起过作用……这些好为人师的教导，基本没有什么效果。老子说：处无为之事，行不言之教。如果真的想要教导别人，最好的方式是少说，甚至不说，希言自然。

有人就好奇：什么都不说，怎么教导呢？

孔子的弟子子贡，也有如此疑惑！《论语·阳货篇》中记载：

孔子："予欲无言。"

子贡："子如不言，则小子何述焉？"

孔子："天何言哉？四时行焉，百物生焉。天何言哉？"

语言很无力。但我们已经离不开语言了，如果让一个人几天不说话，这个人可能会疯。语言被创造出来，方便了人类，同时又把人类束缚住了。语言从来无法表达真实的世界。我们说一棵树，树包含了很多信息，但我们只用了一个字"树"，对方也只听到一个字；我们说一朵花，花包含了很多信息，但我们只用了一个字"花"，对方也只听到了一个字。语言描述不了真实的世界，以前听过一个故事：

有个天生的盲人，很想知道什么是太阳。

有人告诉他："你就站在太阳底下啊，感觉到热了吗？那就是太阳。”盲人明白了：“哦，太阳是热的。”

盲人有一天晚上路过一个火炉，觉得很热，就问周围的人：“好热啊，是太阳吗？”别人告诉他：“这不是太阳，太阳是圆圆的。”盲人明白了：“原来又圆又热的是太阳啊。”

别人解释给他：“不是的，太阳是摸不到的，太阳在天上，早上是红色的，中午是白色的，晚上又是红的了。太阳会发光，所以你觉得太阳是热的。”盲人就问：“天在哪儿？什么是红色？什么是黄色？什么是发光？”没人能说清。

于是盲人就说：“你们都骗我，根本就没有太阳！”

老子很早就明白，语言解决不了问题。于是他一开始就说：道可道，非常道。

释迦牟尼也是得道之人，他说：

若人言如来有所说法，即为谤佛，不能解我所说故。

须菩提，说法者，无法可说，是名说法。

——《金刚经》

大概意思是：所有佛陀说的，都不是佛陀真正想要表达的。有一种禅修需要止语，一句话都不能说。语言是工具，但真正的修行应该超越语言。有一天我忽然明白：

无缘之人，千言万语也不会起半点涟漪；

有缘之人，我的存在就会惊醒他所有感觉。

慢慢在众人面前，我说得少了一些。

有人又说："那好，以后我什么都不说了，我忍着。"

这又是另外一个陷阱。你不说就能超越吗？你觉得忍得住吗？你心里这么想，自然会表现出来，即便不说，行为也会表现出来。就像我妈一样，觉得谁对她不好，她表面上不说，心里生闷气，等我到家了，就跟我唠叨。我劝我妈：不能这么说人家吧。我妈说：我对他很好啦！我当面都忍了什么都没说。

希言自然，不是表面上忍住不说，而是从内心不起分别心，连说的意义都不存在，自然不用说。

后面的两句，我也非常喜欢：

飘风不终朝，骤雨不终日。

自从看了这句话以后，每当刮风下雨我都会留意，从没遇到一次持续刮整个早上的大风，每次都是刮刮停停，风越大，越是如此。下暴雨也是，暴雨一定是阵雨，不可能一直连续下。连续下十几分钟暴雨不得了了，如果连续下几小时，很多城市道路都会被淹的。刮风下雨是天地的事情，天地都做不到持续长久，何况人呢！

希言自然，反过来就是喜好辩论，辩论出于激愤不平之气，这种类似狂风骤雨，不可持久，天地都做不到，人也做不到。

理解了这两句，我们可以非常理性地看待一些事情，不被现象所迷惑、所吓倒。

有个很火的网站叫开心网，有一阵同事们都在上面玩"抢车位”的游戏，HR（人力资源部门）同事说要出一个规定，不允许上班“抢车位”。我说提醒一下就好，不用出规定的，这种太火热的东西，一定不会持久。过了没两个月，真没什么人玩了。HR同事赞叹我好厉害。其实就是老子说的“骤雨不终日”。

微博刚出来时很火，火到几乎人人都有微博账号甚至多个微博账号，微博的员工走到任何地方做演讲，都是人满为患。后来微博不火了，微信越来越火。微信会不会一直火下去？不可能的，因为“飘风不终朝”。

二十多年前，很多大学生都挤破头想出国，每个大学生都要做个决定，考不考GRE（美国研究生入学考试）。后来出国热很快冷下来了；大学毕业了去外企很火，要是能去微软、IBM、通用公司，那是非常好的，但没过几年，想去外企的人也少了；后来考公务员很火爆，火爆到有些岗位是万里选一，而现在貌似考公务员的人也没那么多了。

股市的表现、行业的表现都是如此，不用多说。看见外面很热闹，不用担心，一定会回归冷静的。

有人说要是错过了早期发展，也就错过了最好的红利期啊？道理是如此，但早期风险也很大，越早风险越大，被淘汰的也越多。最开始做淘宝的那些卖家，没剩下几个了。最开始做自媒体的那些人，所剩也不多了。早有早的收益，也有早的风险，自己决定就好。做了不后悔，没做也不要遗憾。

如果你看见有人在大发雷霆，不用着急，他很快就会平静下来；如果你看见有人跟打了鸡血一样充满活力，不用羡慕，他很快就会归于平淡；如果你和恋人的感情特别甜蜜巴不得天天黏在一起，好好珍惜吧，因为这种状态不可能持续很久。

孟子曰：“于不可已而已者，无所不已。于所厚者薄，无所不薄也。其进锐者，其退速。”

——《孟子·尽心章句上》

希言自然。飘风不终朝，骤雨不终日。

每次读到这几句，我心里都会特别宁静。因为我知道，一切都会过去！别人有的我不用羡慕，自己已经拥有的也不要留恋。自然而然，为而不争。

自知者明

所有的欲望和情绪，都是“自我”的表演。能看见“自我”的表演，就是认识自己。

知人者智，自知者明。
胜人者有力，自胜者强。
知足者富。强行者有志。

——《老子》第三十三章

认识别人是“智”，了解自己才算“明”。战胜别人，说明很有力量，战胜自己才算强大。知道满足就是富有。努力不懈就是有志。

有时看《老子》，我会感动得泪流满面。这种感动，不是来自知识，而是来自一种信任。我时而被老子说得汗颜，时而又被老子说得喜悦。就像这一章，老子一边警示我们关照所处的生活，一边指引着修行的方向。

老子是得道的人，是人就免不了要面对尘世中的纷繁复杂，这就是我们说的生活。老子厉害的地方在于，成于道，融入生活，又跳出生活来观察，用优美的文字来告诉世人真相是什么，如何能接近真相，成为真相。

从古至今，社会都充满竞争，所有人都希望在竞争中获胜。于是我们渴望自己能“知人”“胜人”“富有”。不只是如此，我们还渴望“胜人”的状态“长久”，希望自己“长寿”。人类真是贪得无厌。

对于生活中的人性，老子从不否定，老子说：“知人者智。”如果我们足够聪明、足够细心，我们可以了解别人、了解世界。就像有的畅销书说的那样，如《FBI 教你一眼看穿对方》《洞悉别人心理的秘籍》《轻松学会识人 101 招》等，这些书籍的目的都在“知人”“胜人”。但老子说明白别人不是真明白，只有“自知”，才能真正明白。

到底“知人”重要还是“自知”重要？这是个值得讨论的话题。

人类文明五千年，人一步一步在了解这个世界，了解别人。按理来说，人们应该越来越幸福，但实际上却不是如此。科技越发达，掌握的技巧越多，反而幸福感越来越缺失。

据统计，越发达的城市，人自杀比例越高，自杀的人中，很大部分都是受过不错的教育的。

这个统计我信。我认识的人中，有三例自杀的。一个是我高中同班同学，读了博士，后来当了大学老师，十年前跳楼自杀了；一个是我认识的朋友，他是 20 世纪 80 年代的大学生，有家有室，事业有成，后来服毒自杀了；还有一位是我亲戚，他没读什么书，得了不治之症病魔缠身，不希望家里花钱而跳楼自杀。

“知人”很重要，在人际交往中会让你如鱼得水，但“自知”同样重要，可以让每个人活得明白。

“知人”是向外求，“自知”是向内求。遗憾的是，我们从小到大受的教育，都是教我们“向外求”，从不教我们要“向内求”。这也是为什么现在社会已经比以前发达了，但人们的生活压力没有减少，人们的心理压力没有减少，人们的幸福感也没有增加。

“胜人者有力，自胜者强。”

能战胜别人，说明很有力量。用武力、权力、金钱，可以战胜很多人，这并不难，只要条件足够，我们就可以战胜别人。但战胜自己却不那么容易。无论我们拥有多强壮的身体，多高的职位，拥有多少金钱，我们都不一定能战胜自己。

真正的强大，不是战胜别人，而是战胜自己。

个人如此，公司也是如此。还记得很多互联网大佬说的话吗？阿里最大的对手不是别人而是自己，百度最大的对手不是别人而是自己，腾讯最大的对手不是别人而是自己。BAT 三大公司已经战胜了很多公司，但依然面临很多问题，它们最大的对手都是自己。任正非也说，华为最大的对手不在外面，而在公司内部！如果能战胜自己，才是真正强大。在 20 世纪八九十年代，IBM 战胜过自己，在郭士纳的带领下，IBM 从一个硬件制造公司转变成了服务型公司，公司有了巨大飞跃；苹果公司战胜过自己，在乔布斯的回归下，苹果重生；通用电气战胜过自己，在杰克·韦尔奇的领导下，再次蓬勃发展，使得这个公司成为百年老店。

同样，战胜别人是“向外求”，战胜自己是“向内求”。英雄征服世界，圣人征服自己！

“知足者富。”

知道满足的人，才真正富有，特别是在当今社会。我们追求事业，追求成功，追求更多的财富，这么做没有问题，问题在于这永远没有尽头。不要相信类似的话：“等自己赚了一千万就满足了！”你永远满足不了的。你若不信，回顾一下自己成长的历程就知道了。或者问问那些有钱人，就算他有一个亿，他也会告诉你，一个亿没多少钱，买两套别墅就没了，以后还有小孩怎么办啊。

真正的富有，不在于绝对财富，也不在于相对财富，而在于内心是否知足。所有知足的人，都是富人；所有不知足的，都是穷人。

我相信很多人会有疑问：这些道理我都懂，但我还是需要解决生活的压力，还是每天很辛苦地工作。

压力都来自攀比！而攀比来自我们渴望“知人”“胜人”！没有这些欲望，就没有攀比，就是知足，就是富有。

还有人问：这么说我们每个人都应该坐吃等死？

当然不是，我们来谈谈更深层次的话题：如何才能“自知”，如何才能“自胜”？

据说在古希腊阿波罗神庙的柱子上刻着：“认识你自己！”

是的，所有有答案的都是知识，是知识就都能学得会，但智慧是没有答案的。答案一出现，就沦为“自我”的游戏。“自我”是个很神奇的东西，究其根本，它不是个东西。

阿底峡尊者有一段描述，介绍“自我”的八个特点：

希望受到赞美；不希望受到批评；

希望得到；不希望失去；

希望快乐；不希望痛苦；

希望声名远播；不希望默默无闻或受到忽视。

当“自我”没有得到赞美，它会不开心，当“自我”受到批评，它会不开心。这种不开心如果愈演愈烈，它就会让人痛苦。认识自己，就是“向内求”的过程，就是认识“自我”的过程。这个过程跟你智商多高、权力多大、金钱多少、身体多强壮没有关系，那些都是外部的，“向内求”不需要这些东西。

“向内求”的唯一方式是“觉察”，也就是“看见”，“看见”是指看见自己的念头，看见“自我”的机制。

处于愤怒，你去“看见”这个愤怒，你会发现愤怒并不源于别人，而大多源于“自我”的欲望；厌恶某人某事，你去“看见”这个厌恶，你会发现厌恶并不源于别人，而大多源于“自我”的嫉妒。有个修行的朋友说，他最近一年最大的体会是一句话：都是我的错。

多好的总结啊，当一切“都是我的错”，这时你就不再向外看了，一定是向内看。如果觉察能力强，你会看见“自我”的各种表演。

所有的欲望和情绪，都是“自我”的表演。

能看见“自我”的表演，就是认识自己。这时你还在为事业而努力工作，但不会被欲望支配，不会计较最后的成功与否，只是把这件事情做好做完；你尽力培养自己的小孩，但不再想要控制他，只是让他自己成长；我努力去写每一篇文章，但不再是在乎有多少人赞美和批评，只是把观点表达出来。

有了“看见”，你不再纠结，不再痛苦，不再分裂。这么说也不准确，应该是能看见纠结，但不纠结；能看见痛苦，但不痛苦；能看见分裂，但不分裂！

认识自己，战胜自己。认识自己的过程，就是战胜自己的过程。

个体如何战胜自己？这看上去是个荒谬的问题。自己怎么战胜自己？只要有失败和胜利，自己永远战胜不了自己！认识自己，战胜自己，是一个超越，超越输和赢。如果我们真正认识了自己，会发现根本没有自己，这就是佛学中讲的“无我”。当没有自己，也就无所谓输和赢。

善与不善

活在这个世界上，判断、分别几乎不可避免。真正得道的人，不是只有爱没有恨，不是只有美没有丑，不是只有快乐没有烦恼。得道的人，真正认识到了这些是不可分割的，从而接受全部，接受整体。

天下皆知美之为美，斯恶已；
皆知善之为善，斯不善已。

——《老子》第二章

当天下人都知道美的概念了，这就是恶！
当天下人都知道善的概念，这就不善了。

这只是参考译文，本文不考究学术，只看背后的意思。《老子》第二章中这两句最难理解，也很重要。

老子到底想说什么？

我的理解，老子是想告诉人们：不要有分别心，一切问题都是分别心造成的。有了分别心，就有了判断，有了判断，就有了接受和拒绝。

定义了什么是美，丑也就被定义了。美和丑本身是相对的，但大脑不这么认为，大脑觉得美就是美，丑就是丑；定义了什么是善良，不善良也就被定义了。善和不善本身是相对的，但大脑不这么认为，大脑觉得杀人就是不善，帮助人就是善。

估计有人疑惑：“按照你这么说，不用分辨，那岂不是糊里糊涂？”别着急，慢慢看。

知道了美，就会知道丑。就希望自己更美，喜欢美，厌恶丑。试想一个问题：如果不去评判美丑，是不是就不会有厌恶产生？

我有个朋友，做脸部美容整形的，做了十几年。她说，我们每天都接待不少过来瘦脸、隆鼻的女人，这些人大多都是美女。越是美女，越对自己的容貌不满意。

这是真事，不信你自己去那些整形医院看看，大部分过来整形的都是长得还不错的。看到这里你想到了什么？长得漂亮的女人，更容易认识什么是美，更在乎美。她越在乎美，就越排斥丑，问题就产生了，需要整形！如果她不判断美丑，还需要整形吗？

同样的道理，你知道了什么是善，你看见别人不善的行为，你会很难受，你会指责别人，有时候你会发怒，甚至会产生冲突。这些难受、发怒、指责、冲突是因为什么产生？是因为你去对别人的行为进行了分辨！

不去分辨，那就置之不理吗？

当然不是，去做你应该做的事情就好。看见有人丢垃圾，真正需要做的事情，就是去把垃圾捡起来扔到垃圾桶里，而不用骂丢垃圾的人。看见有人在小朋友面前抽烟，真正需要做的事，就是请求那人离得稍微远一点抽烟，而不用呵斥那个抽烟的人。

有位禅师和我几位企业家朋友聊天。

我朋友问禅师："大师，我办企业养活两百号员工，是不是也在积德啊。"

禅师反问："为什么是你养活他们，不是他们在养活你呢？"

朋友跟我说："七哥，我听懂了！大师是教我这么思考：是我企业两百多员工在养活我。"

我说："你没听懂，禅师是要告诉你不要去分别。"

朋友只是在做公司而已，这是事实，到底是在积德或者不是积德，都是判断，都是分别。

老子说：道生一，一生二，二生三，三生万物。

有了一，人开始有判断，有判断，就是二。这个二，就是我们的二元世界。有对错，有美丑，有高低，有前后……这个二加上本源的一，就是三，然后你会发现这一演化，就成了眼前这个精彩的世界。

佛教里面很多地方讲"不二"。不二，就是告诉我们，不要二元对立地看待世界、分辨世界。有我和其他人，其实就已经是分别，就是二。

中国讲"百善孝为先"。有了"孝"，就有不孝。如果你由于追求事业，没有好好照顾父母，就开始内疚、痛苦、纠结，因为这是不孝；如果有儿子、女儿经常不来看老人，老人就会觉得儿女不孝，心情不好，悲伤痛苦。这发生的一切，都是因为有了孝这个概念。

不去定义这个人到底是孝还是不孝。他孝还是不孝，本身也不是能判断出来的。那事实应该如何？事实就是老人需要照顾的时候就去照顾，没有照顾就去做。

自古还有句话：忠孝不能两全。为什么？其实是因为有了“忠”“孝”的观念。

老子在这一章还说：是以圣人处无为之事，行不言之教。

意思是说：得道的人，用无为的方式来做事，教导的时候也不用语言。

活在这个世界上，判断、分别几乎不可避免。但真正的道，是一个整体，是全然的，不分割的。真正得道的人，不是只有爱没有恨，不是只有美没有丑，不是只有快乐没有烦恼。得道的人，真正认识到了这些是不可分割的，从而接受全部，接受整体。

爱和恨是一个整体。

爱经常包含了恨。如果你儿子非常调皮，上学的时候逃学去打架，你很生气，你会发脾气，你会狠狠地打你儿子的屁股！这时候你恨他，你有多爱他，这时你就有多恨他。因为这时你的恨就是你的爱！

如果你不打他，对他逃学打架置之不理，他回到家，你知道这个事情，但漠不关心。这时你不恨他，说明你也一定不爱他！反而，你儿子以后会恨你。他恨你，因为你不爱他。他原本应该爱你，但现在恨你。原本应该是爱，现在成了恨。

每个人都有所谓好的一面和不好的一面，阳光的一面和阴暗的一面。但这都是你自己，都是你的一部分。快乐是自己，烦恼也是自己。不要总希望去掉那些烦恼，留下快乐。去不掉的，一个人怎么能去掉自己？最好的方式就是接受。

一切都接受了，就会自在；一切都接受了，那些所谓的“不好”，也会有转化。

世界就是这样，只要有分别，就会想要有取舍。有了天堂，就有地狱；有了上帝，就有魔鬼；有了智慧，就有大伪……

一旦有了分别，就会有取舍；一旦有了取舍，就不是整体；不是整体，就会有分裂；有了分裂，就不合于道；不合于道，就会产生痛苦。现在你回观所有的痛苦，都是因为你有了分别。你有痛苦，也是道在把你拉回来，因为你偏离了道。

中国有句古话说得特别好：逆来顺受。

现在也有句话说得特别好：一切都是最好的安排。

生而不有

佛经中讲“无我”，是指不存在一个你以为的“我”。但每个人都认为有个“我”，“我”这个概念，成了人类史上最大的骗局。

生之畜之。生而不有，为而不恃，长而不宰。是谓玄德。

——《老子》第十章

意思是：道生成了万物，但不占有万物；替万物做了所有的事情，但不以此要求回报；帮助万物成长，但又不主宰万物。这就是最高深的“德”啊。

“生而不有，为而不恃，长而不宰。”

跟每天要为名利奔波拼搏的现代人讨论这几句话，似乎有点不合时宜。现代人希望拥有更多，习惯主宰更多，习惯控制更多。但老子告诉我们：这样不对，不符合道。违背了道，就会出现问题。

但真能做到“生而不有”吗？当然，自然规律就是如此。

一棵树，果子成熟了，要么掉在地上，要么被动物吃了，树从来不自己占有。植物是如此，动物也是如此。所有的动物，繁殖下一代之后，一旦它们有独立的能力，父母都会赶走它们。

最有说服力的证明是大地。大地孕育了所有的动物、植物，给它们养分食物，帮它们成长，但大地占有它们了吗？从来不！大地是“道”的最好诠释。所以老子说：“人法地，地法天，天法道，道法自然。”

研究老子不只为解释自然规律，还要能指导我们的生活。

看看你周围，父母们都是如何培养小孩子的？每个父母都觉得小孩是自己的，想方设法为子女安排好一生。这不符合老子的观点。如果生活违背了道，就会产生问题，于是亲子关系就会产生问题。

父母和孩子能做到“生而不有”吗？著名哲学家、诗人纪伯伦说：

> 你们的孩子，都不是你们的孩子，
> 乃是生命为自己所渴望的儿女。
> 他们是借你们而来，却不是从你们而来，
> 他们虽和你们同在，却不属于你们。

出现亲子问题，并不在于父母素质高低，或教育的出发点不对，只是这不符合道，故而出现问题。教育孩子是如此，谈恋爱也是如此。很多人谈恋爱，开始都类似：兴奋、甜蜜、幸福、

缠绵。到后来也类似：嫉妒、吵架、斗气。无论最终是否在一起，都会经历这些。为什么会这样？看看如下场景：

“你是我女朋友，怎么能跟别人的男人单独吃饭？”

“我对你那么好，为你付出了那么多，你为什么对我这么残忍？”

“你不应该这样对我，你应该多多关心我，每天给我打电话……”

恋爱时我们想占有对方，期待对方对自己好，还想要控制对方，成了“生而占有，为而有恃，长而主宰”。这不符合道，故而会出现问题。

看完反面例子，再看正面例子。

一个管理者，若能做到“生而不有，为而不恃，长而不宰”，这个团队会非常和谐。工作效率如何先不说，这种领导一定是下属喜欢的。试想，一个领导对员工尽心培养，还不提要求，不控制员工，员工当然会喜欢这个老板。

那这样的企业岂不是一团糟？不会。你作为管理者这么对你的员工，但公司还有公司的制度要求，一张一弛，你试一试就知道了，保证效果会超出期望。力的作用是相互的，越想抓紧，越易疲劳。最好的方式是不松不紧。

亲子关系、恋人关系、员工管理、企业创业，如果能做到“生而不有”，就是符合了道，否则就会出现一系列问题。生活中还有其他的事情，也是如此，你慢慢琢磨吧。

道是什么？道不可说，但可以比喻：道像水，水善利万物而不争，故几于道；道像大地，生而不有，为而不恃，长而不宰。这是老子对道的描述。佛陀在《心经》中讲：

舍利子，是诸法空相，不生不灭，不垢不净，不增不减。

这描述的就是“空”，也是道，还是每个人都具备的“自性”。六祖惠能大师证悟时，大发感慨：

何期自性，本自清净。
何期自性，本不生灭。
何期自性，本自具足。
何期自性，本无动摇。
何期自性，能生万法。

意思就是：没想到啊没想到！没想到自性本来如此清净，自性本来不生不灭，自性中本来什么都有，自性本来不来不去不动摇，自性能生出万法！这个“自性”就是道。好，现在跟随我的思路来试着想一想：

你问自己：我是谁？

你平时说的“我的身体”“我的脑袋”“我的父母”“我的钱”“我的孩子”“我的工作”“我的手脚”“我的爱人”“我的车子”“我的朋友”……这些都只是“我的”，并不是“我”。

请问：我是谁？请你把“我”拿到桌子上放着。

你所有能想到的回答，都无法成立。这些都不是你，少了其中任何一个，你依然存在。

佛经中讲“无我”，是指不存在一个你以为的“我”。但每个人都认为有个“我”，“我”这个概念，成了人类史上最大的骗局。

接下来，你闭上眼睛，你会出现很多念头：你感觉到热，这是个念头；你觉得你坐在椅子上，这个觉得也是个念头；你知道有个鬼脚七，这是个念头；你昨天吃饭了，这是个念头。你不要想一只熊猫！我知道你想了，这也是一个念头……

这些念头从哪里来的？又去向了哪里？它们从虚空中来，又消失到虚空中去。

你知道自己“正在看”这篇文章。你看见的是文字，你是怎么知道你“正在看”？这个“知”是什么？你怎么知道你在坐车？你怎么知道你在走路？你怎么知道你在生气？你怎么知道你在说话？你怎么知道你的脚会痛……

这不是一个傻问题，当你很严肃地思考，会发现一定存在某个“知”，它知道所有的状态，当你出现念头，它会知道有这个念头，当你没有念头，它也会知道没有念头。“知”到底在哪里？请看一首诗：

醒来

当你行走，它跟着你的脚步，
当你躺下，它呵护你的睡眠，
当你开心，它陪你开心，

当你抑郁，它也陪你抑郁。
你爬楼，它陪你爬楼，
你跳楼，它也陪你跳楼，
你唱歌，它陪你唱歌，
你吃肉，它陪你吃肉，
它不劝你少抽烟，也不劝你别喝酒。

你富有，它不羡慕，
你贫穷，它不嫌弃，
你风光，它在你身旁，
你落魄，它也伴你左右。
它就是这样，对你不离不弃，生死相依。

它陪你生，但它不生，
陪你死，但它不死，
它陪你欢笑，但它不欢笑，
陪你哭泣，但它不哭泣。
它知道你所有的痛，但它不痛。
它知道你所有的苦，但它不苦。

它知道你的一切，包容你的一切，
但你从没记起它，它也从不责怪你。

某天，当你醒来，

你会明白：

它就是你！

看看那个“知”，它“生而不有，为而不恃，长而不宰。”那个“知”，就是老子说的“道”，就是佛经中讲的“觉”。觉醒，就是那个“知”醒了。“佛陀”的意思，就是觉醒的人。

不要觉得“道”离你很远！无论你知不知道，无论你承不承认，真相都不会改变：你就是那个不生不灭的“知”，你就是那个不生不灭的“道”。

大道甚夷

伟大的东西，一定是简单的。道是如此，人也是如此，做人越简单，越有力量，也越容易快乐。

使我介然有知，行于大道，唯施是畏。

大道甚夷，而民好径。

朝甚除，田甚芜，仓甚虚；服文采，带利剑，厌饮食，财货有余；是谓盗夸。非道也哉！

——《老子》第五十三章

假使我稍微有些认识，在大道上行走，担心惟恐走入了邪路。

大道很平坦，但是人们却喜欢走斜径。朝政腐败极了，弄得农田非常荒芜，仓库十分空虚；还穿着锦绣的衣服，佩带锋利的宝剑，饱足美味的饮食，搜刮过多的财货；这就叫做强盗头子，多么的无道呀！

《道德经》（即《老子》），内容分成两部分：一部分讲道体，一部分讲道用。在道德经中讲道体的部分很多，描述道像什么，描述圣人有什么特点等。道用部分，主要是讲如何借助道来生活和治理国家。本章刚好包含了这两部分，后面几句话讲道用，前面几句就是在说道体。

使我介然有知，行于大道，唯施是畏。

老子是得道的人，但当老子行于大道，还是小心谨慎，担心偏离道。有人以为：得道的人应该无所不能，为什么还要担心这些呢？

修行人讲“悟后起修”，悟了以后才开始真正的修行。你看见了“道”，才是真正的修行开始，让自己的行为合于道。有些修行人，一旦到达了某种境界，赶紧躲进深山住一段时间，这叫“保任”；有些修行人，出现过某些境界，过不了多久，退到和以前一样了。只有“唯施是畏”，才能保持觉知，保持对道的遵从。

社会诱惑太多，一不小心，就走入岔道了，这就是不合于道。是因为道太曲折吗？当然不是。

道是什么样子？

老子说：“无，名天地之始。万物生于有，有生于无。”文字是“有”，但道是“无”，用一个“有”来描述“无”，要怎么描述呢？

当然，也能描述，但所有的描述，都只是一部分，都不是真正的道。就像教练教你游泳一样，就算最厉害的教练讲解一万遍，假如你不亲自下水练习，教练说的都没用。但等你学会游泳后你就明白了教练说的是什么，也明白了教练的苦心。

是不是道太复杂？当然不是，道很简单，简单到了极致，简单到了什么都没有。所以老子说：大道甚夷。

道很简单，但绝大多数人还是不知道。

你知道怎样做才能学习好？大家都知道要“勤奋”！绝大部分人都知道这个道理，但有多少人会真的勤奋？大家都在找学习的捷径、秘诀。

你知道怎样才能做好生意？大家都知道要做好产品和服务！绝大部分人都知道这个道理，但有多少人真这么做？他们都在找资源，找风口，找红利，希望一夜之间，出来几个爆款。

你知道怎样才能处理好夫妻关系？大家都知道要相互宽容和理解。绝大部分人都知道这个道理，但有多少夫妻是不和睦的？很多夫妻关系都不好。

老子说：大道甚夷，而民好径。

字面意思是：道路很宽广，但人们喜欢走小路。背后意思是：“道”很简单，也无处不在，但人们总是喜欢找一些捷径，找一些独有的方法，找一些自以为是的秘诀来探索“道”。这些人都是“聪明人”，聪明人反而不容易得道。

什么人容易得道？

老子一直在说“无为”。如果你能做到无为，就容易得道。

无为，是指不造作。什么叫不造作？饿了吃饭，困了睡觉，上班时上班，走路时走路，这就是不造作。饿了，要吃大餐；困了，要找人按摩；上班，总在抱怨；走路，总想着看美女，这就是造作。

不好理解吧，后来老子又说：致虚极，守静笃。

也是无为的状态。虚到极致，就是完全被动；静到极致，就什么都没有。此时就是无为，然后就能看见老子说的那个道。

有人说，这还不容易，我就什么都不想就是了。你去试试，你让自己不想，这个动作也是在想。

看上去容易的事情，很多人做不到。为什么？

首先，很多人不相信。觉得怎么可能呢？怎么可能得道就这么简单呢？也是老子自己说的：

吾言甚易知，甚易行。天下莫能知，莫能行。

——《老子》第七十章

如果有人看了这篇文章，去相信，就这么简单。但很多人不会相信，只是看而已。

其次，很多人做不到。做不到不是因为太难，而是因为太容易。大脑习惯忽视简单，而习惯去追求复杂。一张白纸上画了一个小圆圈，我们一定会去注意那个小圆圈，而忽略了那张白纸；我们习惯注意白板上的图案，而忽略白板；我们习惯听见两句话，而忽略两句话之间的停顿；我们习惯了关注有，而不习惯关注无。

再次，很多人坚持不了。每个人都有习惯，从小到大，这个习惯会把某些念头强化，一旦“道”跟这个念头相违背，我们自然而然会放弃。例如，我们一直认为规划好未来是正确的，但老子告诉你，不要做任何规划。你一定会很不舒服，或许还会讥讽嘲笑：真是瞎扯！

所以老子说：

上士闻道，勤而行之；
中士闻道，若存若亡；
下士闻道，大笑之。

——《老子》第四十一章

最后，每人都有一个“自我”。“自我”就是平时以为的自己，包括了我们的身份、事业、家庭、爱好、情绪、财产等。得道的人，“自我”自然会消失（我猜的）。但“自我”有很强的生命力，它不希望消失，它有很强的控制欲，有贪、嗔、痴、慢、疑。“自我”才是阻碍得道的最大障碍。

因此，很多人会说：最大的敌人是我自己。

老子也说：

胜人者有力，自胜者强。

——《老子》第三十三章

就是这个道理，这里的自己，就是“自我”。

伟大的东西，一定是简单的。道是如此，人也是如此，做人越简单，越有力量，也越容易快乐。

做事情更是如此，大家看看那些企业，成就大的，一定是那些专注在某一个领域突破的。

如果有一天，你发现工作太复杂，那一定有问题，需要重新梳理，做减法。

如果有一天，你发现生活事情太多，那一定有问题，需要重新梳理，做减法。

如果有一天，你发现自己一直过着简单的生活，一定要珍惜，不要轻易打破它。

道理不难，我们都明白了，但还是经常做不到。只是因为“自我”总是很贪心，希望不付出却有大收获。这是通病，有办法治吗？有，也很简单，就是提醒自己：大道甚夷，而民好径。

这里的“民”，不是别人，就是我们自己。

圣人皆孩之

善待不善的人，这种行为本身就是“善”；信任不守信的人，这种行为本身就是“信”。这就是圣人的行为，他觉得所有人都挺好，他并不期望人们变成什么样。

圣人无常心，以百姓心为心。
善者，吾善之；不善者，吾亦善之，德善。
信者，吾信之；不信者，吾亦信之，德信。
圣人在天下，歙歙焉，为天下浑其心。
百姓皆注其耳目，圣人皆孩之。

——《老子》第四十九章

圣人是没有私心的，他们以百姓的心作为自己的心。

对于善良的人，我善待他；对不善的人，我也善待他。这样就可以得到“善”了。

对于守信的人，我信任他；对不守信的人，我也信任他。这样就可以得到“信”了。

圣人莅临天下，会收敛自己的欲望，让天下人的心都变得浑朴。

老百姓们都专注于自己耳朵听到的、眼睛看到的，而圣人呢，则把他们都看成小孩子一样。

真正的圣人，自己没有什么雄心壮志。百姓需要什么，就做什么。所以圣人以百姓心为心，治理国家也是如此。

我有幸遇到过几个修行成就者，他们可以称为“圣人”。圣人无常心，他们真是这样，以百姓心为心。

《观世音菩萨普门品》里是这么说的：

善男子，若有国土众生，
应以佛身得度者，观世音菩萨即现佛身而为说法。
应以辟支佛身得度者，即现辟支佛身而为说法。
应以声闻身得度者，即现声闻身而为说法。
应以梵王身得度者，即现梵王身而为说法。

《普贤菩萨行愿品》里是这么说的：

于诸病苦，为作良医。
于失道者，示其正路。
于闇（àn）夜中，为作光明。
于贫穷者，令得伏藏。
菩萨如是平等饶益一切众生。

《庄子·应帝王》里是这么说的：

泰氏其卧徐徐，其觉于于，一以己为马，一以己为牛。其知情信，其德甚真，而未始入于非人。

……

文字多让人感动啊。这就是菩萨的“以百姓心为心”。

“善者，吾善之；不善者，吾亦善之，德善。信者，吾信之；不信者，吾亦信之，德信。”

“德”通“得”。“善者，吾善之。信者，吾信之。”这好理解，也易做到。但不善的人，要不要善待他们？不守信的人，要不要信任他们？

老子说：不善的人，也要善待他们，这样就得到“善”了；不守信的人，也要信任他们，这样就得到“信”了。

不善的人，善待他们，他们也会被感化而变得善良。不守信的人，信任他们，他们也会被感化，而值得信任了。

万一他们没被感化呢？

是啊，太有可能了。人善被人欺啊；太容易相信别人，“活不过第二集”；有人一辈子都喜欢骗人，从来没改过。

《孟子》里说：“人皆可以为尧舜。”

王阳明说：“心中有良知，满街皆圣人。”

佛印禅师对苏轼说：“我看你就是一尊佛。”

讲一个《法华经》里的故事：

在无量阿僧祇劫以前，有一位佛叫威音王如来，其寿命距正法住世时间非常久远，但在像法时期，很多比丘（比丘是指受过具足戒的出家僧人）变得十分傲慢。

这时有一位比丘，对人谦虚恭敬，每逢见到出家、在家修行人，不管其行为如何，都恭敬礼拜。礼拜是什么？磕头啊。

那些人不理解，问："你为何如此？"

比丘回答："我非常尊敬你们，不敢有所轻视，为什么呢？因为你们都行菩萨道，将来都要成佛。"

这个比丘，人们叫他常不轻菩萨。

这个常不轻菩萨够"糊涂"吧。如果你周围真有一个圣人，你可能会觉得他在生活中确实糊涂。他有时不分善恶，还不识好歹，有人故意害他，他也不计较。不善者，他善之；不信者，他信之。

其实，善待不善的人，这种行为本身就是"善"；信任不守信的人，这种行为本身就是"信"。这就是圣人的行为，他觉得所有人都挺好，他并不期望人们变成什么样。

"圣人在天下，歙歙焉，为天下浑其心。"

这个"歙歙"，念（xī xī），吸气的意思，可以理解为收敛欲望，有道的人治理天下，会收敛个人的私欲偏见，使天下人的心思归于纯朴。

《庄子·应帝王》篇中讲了一个故事。

南海之帝为儵，北海之帝为忽，中央之帝为浑沌。

儵与忽时相与遇于浑沌之地，浑沌待之甚善。儵与忽谋报浑沌之德，曰：

“人皆有七窍，以视听食息，此独无有，尝试凿之。”

日凿一窍，七日而浑沌死。

此故事便可看作最早的“忽悠”的故事。浑沌是被忽悠致死。

人皆有七窍，所以“百姓皆注其耳目”。“耳得之而为声，目遇之而成色。”说得很形象，人们在生活中，最关注的就是“自己”，住得如何，吃得如何，穿得如何，听见了什么，看见了什么，拥有了什么，失去了什么，别人对自己评价如何。

而圣人是什么样子？圣人不关心自己，他以百姓心为心，而且“圣人皆孩之”！圣人把百姓都当成小孩子来看待！

皆孩之！皆孩之！皆孩之！

做过父母的人都有经验。一个襁褓中的婴儿，热了就给他脱衣服，冷了就给他加衣服，饿了就给他喂奶，拉了就给他换尿布。这就叫“父母无常心，以婴儿心为心”。父母觉得婴儿是“善”还是“不善”？觉得婴儿是“守信”还是“不守信”？一个还在蹒跚学步的小孩，弄坏了一盆花、踩了父母一脚、打碎了一个杯子，父母觉得他“善”还是“不善”，是“守信”还是“不守信”？两个小孩为争夺一个玩具而吵架，谁对谁错、谁善谁恶？

看到这里，我想你应该能理解之前圣人的行为了。

圣人无常心，以百姓心为心。

善者，吾善之；不善者，吾亦善之；

信者，吾信之；不信者，吾亦信之。

因为圣人把天下人都当成小孩子看待！

问题又来了：这不是胡扯吗，世上的那些人，哪一点像小孩了？他们贪得无厌、自私自利；他们尔虞我诈、损人利己；他们好名好色、纸醉金迷！

说得没错，但正因如此，他们才像小孩。一个真正成熟的有智慧的人，会如此吗？

小时候，我们的玩具被抢会哭。长大了呢？爱情丢失了会哭；事业失败了会哭；身败名裂了会哭……在圣人眼里，爱情、事业、名誉，不一样是我们的玩具吗？我们这些人跟小孩有什么区别？

我回看几年前自己的所作所为，都觉得十分幼稚，跟小孩子无异。

在生活中，圣人看上去是糊涂的。他没有私心，以百姓心为心；善良的人，他善待，不善的人他也善待；守信的人他信任，不守信的人他也信任。当然，圣人不是真糊涂，而是他把百姓“皆孩之”！

真正的问题来了：知道了又如何？我们做不到啊！

做得到的，你可以向圣人学习！

以后遇到路边的乞丐，有零钱就给一点吧，不用分辨他是不是骗子。施舍本身就是“善”。

以后遇到有人向你解释，你就相信他吧，不要分辨他是不是守信。相信本身就是“信”。

以后如果有人伤害了你，无论是有意还是无意，就把对方当成小孩子，别跟他计较。

以后遇到有人在公交车上吵架，你就劝一劝吧，不要管谁对谁错，就像劝小孩子吵架一样。

孔子说：我欲仁，斯仁至矣。

惠能说：一念悟，众生即佛。

在你效仿圣人的那一刻，你也是圣人。

有人说：问题在于我不是圣人，和他们一样，我也还只是个“孩子”。

不一样。他们不知道自己是孩子，而你知道了。

你知道自己是孩子的那一刻，你并不是孩子。此时，你看众生，都是孩子。

知雄守雌

懂得“知雄守雌”的人，平时都很谦逊，他懂得越多，就会越谦逊。他很少与人争论不休。争论赢了又如何?

社会发展越来越快，人们也越来越忙碌。仿佛这个世界上人心无时无刻不在躁动。没钱的想赚钱，有钱的想赚更多；没名的想要名，有名的想要名气更大；没爱情的想要爱情，结了婚又想找点刺激……

每个人都在焦虑，每个人都有压力，每个人都深藏恐惧，所以大家都很努力!

然而，人们越努力，焦虑反而更多，压力反而越大，内心恐惧更甚！这世界到底怎么了?

或许这个时代，更需要“老子智慧”，我们来聊聊“知雄守雌”。

知其雄，守其雌，为天下溪。为天下溪，常德不离，复归于婴儿。知其白，守其辱，为天下谷。为天下谷，常德乃足，复归于朴。朴散则为器，圣人用之，则为官长，故大制不割。

——《老子》第二十八章

深知什么是雄强，却安守雌柔的地位，甘愿做天下的溪涧。甘愿做天下的溪涧，永恒的德行就不会离失，从而回到婴儿般的状态。

深知什么是荣耀，却安守卑辱的地位，甘愿做天下的川谷。甘愿做天下的川谷，永恒的德行才得以充足，从而回到自然朴素的状态。

朴素本初的东西分散了，就成了“器用”，有道的人用了，就可以成为百官之长，所以完善的治理是不会分割的。

通行的版本中，在“知其白”之后还有几句：“守其黑，为天下式。为天下式，常德不忒，复归于无极。知其荣”。但最近出土的《老子》简帛本里没有那几句。陈鼓应老先生做了详细考证，认定那是后人添加。这里不深究，反正不太影响理解意思。

雄，代表力量、强大、主动，而雌代表柔弱、宁静、被动。老子一直倡导不争、处下、守雌。有人可能不理解，我先讲个小故事。

1

一天，在地铁站，我看见两个年轻人吵架。

小姑娘小小个子，皮肤白净，二十来岁，怒气冲冲，说：“你上午为什么不接我电话！你就是故意的！”

“哎呀，我错了我错了，我下次一定准时接电话！一定不再犯！”小伙子至少有一米八，方脸平头，一脸诚恳。

“再犯了怎么办？”

“要是再犯了，罚我背你走一公里！”

“现在就背！”

小伙子蹲下来，小姑娘趴在他背上。二人就这么背着，在地铁站边走边等车。我看见小伙子动作娴熟，神情自然，而小姑娘眼睛微闭，嘴角微微上翘。恋爱中的人啊，都应该懂得这句话：“知其雄，守其雌。”生活中何尝不是如此？

2

为什么懂了那么多道理，还过不好这一生？因为人们习惯于“知雄求雄”，而不是“知雄守雌”。

这个世界充满诱惑，崇尚金钱、名利、地位。这些都是“雄”的，而“雌”的就是其反面。

你知道做某个项目很赚钱，但有点违背你的价值观，你会做吗？

你知道写某些文章阅读量很高，但不符合你的原则，你会写吗？

很多人会选择拒绝。

你知道做某个项目很赚钱，也不违背你的价值观，你要做吗？

你知道写某些文章阅读量很高，也不违反你的原则，你会写吗？

这个就不那么容易拒绝了。

有人说：不赚钱才是“守雌”吗？难道是让自己什么都不要？

当然不是。

你知道怎么做能让自己更成功、更有钱、更有名，但你选择让自己更平凡、更宁静、更低调。这就是生活中的“知雄守雌”。

不追求成功，就没有人能打败你；不追求财富，就没有人能欺骗你；不追求名誉，就没人能抹黑你；不想赢，就没有人能让你输。

如果真的能做到这样，焦虑、压力、恐惧从何而来？

当然，也不要跑去另外一个极端。要知道不追求成功可能会更容易“成功”，慢慢理解吧。

“不要追求成功，不要追求有钱，不要追求有名，不要追求第一，不要为天下先！”不是结果，而是心态！

我认识一位修行人，地位很高，圈内公认的大成就者，但他很低调。他说永远不要做“老大”，这就是典型的“知雄守雌”。

3

老子是得道之人，他的文字还要从修行的角度看。“雄”代表动，“雌”代表静。

《金刚经》云：

一切有为法，如梦幻泡影，
如露亦如电，应作如是观。

“梦、幻、泡、影、露、电”，这就是“雄”。而佛性如果不动，那就是“雌”，也是“如是”。

我经常讲“觉察”“看见”，万物生长，那是“雄”，而那个“看见”，就是“雌”。

很多人喜欢禅修打坐。怎样是打坐？两腿交叉盘起，做个标准姿势，身体一动不动就是打坐吗？不是的。就算你能一动不动坐好几小时，你也比不过一块石头。虽然你眼睛闭上了，但耳朵还在听，身体还在呼吸，有痒有痛，关键是无数念头还在纷飞……

如果你能明白“知雄守雌”，才能真正会打坐。所有的“动”，哪怕是一个念头，都是“雄”，你只需要用觉知来“看见”，看见它，就是“知雄”。那个“看”就是“雌”。

或者说，“看见”本身就是“知雄守雌”。

4

懂得“知雄守雌”的人，平时都很谦逊，他懂得越多，就会越谦逊。他很少与人争论不休。争论赢了又如何？正是因为他谦逊，所以他能接受批评能发现不足，然后他懂得更多。所以“知雄守雌”，会让你懂得更多。

就像《老子》第十五章说：“保此道者，不欲盈，夫唯不盈，故能蔽而新成。”

不盈就是不满的意思。那些懂得修行的人，每过一段时间都会不一样。

“知雄守雌”真正的大用，还不在如此。

老子接着说：“为天下溪，常德不离，复归于婴儿。”意思是如果懂得“知雄守雌”的话，就会成为天下的溪涧，这样德行就不会丢掉，回归到跟婴儿一样。

这当然是打比方，复归于“婴儿”，是什么意思呢？

婴儿饿了就哭，逗他就笑。婴儿不会多要玩具，也不会保存一箱牛奶，更不会在意是否有人骂他或夸他，甚至你打了他，他当时哭几声，之后根本不记仇。

婴儿从没想过当第一，也不去想要名气，更不会想要钱，他没有焦虑，没有压力，内心没有恐惧，更不会得抑郁症。他时刻就活在当下！

老子说：“复归于婴儿。”

佛陀拈花，迦叶微笑，什么也没说。

5

为什么“知雄守雌”，能“复归于婴儿”？

为什么“知雄守雌”，能让人不焦虑、不浮躁、不恐惧？

两千多年前，释迦牟尼佛在菩提树下夜睹群星而悟，然后说：

“奇哉奇哉，众生皆具如来智慧德相，只因妄想执着而不能证得。”

妄想执着，不就是“雄”吗？如来智慧德相，就是“雌”。

想要一杯浑水变得清澈，最好的方式就是“不动”。水清澈了，智慧自然就出来了。这就是惠能大师说：

“何期自性，本自清净！何期自性，能生万法！”

真正的智慧，是学不来的。唯一的方法，就是“静”下来，让水变得澄清。“知雄守雌”，智慧会自己出现。

真正有智慧的人，一直活在当下。

善为道者

真正厉害的、修行很好的人，一定是不自满的，是谦卑的。正是因为这种谦卑，才让他不断地进步。

古之善为士者，微妙玄通，深不可识。夫唯不可识，故强为之容：

豫兮若冬涉川，犹兮若畏四邻，俨兮其若客，涣兮若冰之将释，敦兮其若朴，旷兮其若谷，浑兮其若浊。

孰能浊以止？静之徐清。孰能安以久？动之徐生。

保此道者不欲盈。夫唯不盈，故能蔽而新成。

——《老子》第十五章

在古代，那些真正得道的人，微妙玄通，语言无法描述，境界很深，很难把他们认出来。正是因为他们不好认，我来勉强描述一下他们的样子：

他们处事小心，就像冬天过河一样。

他们行为谨慎，就像害怕邻居似的。

他们威仪庄重，就像在别人家里做客。

他们自在随意，就像冰融化成水的过程。

他们外表敦厚，就像未经修饰的木头。

他们内心空旷，就像山谷一样宽广。

他们又很浑杂，就像浊水一样不清澈。

怎么能让浑浊停止呢？只要静下来就会慢慢清澈。

怎么能长久保持稳定呢？不断变化就能不断产生。

真正得道的圣人，从来不让自己“满”。正是因为不满，所以能保持这个旧的状态，还能不断更新。

说明一下，最后一句“蔽而新成”，王弼注版的《老子》写的是“蔽不新成”，陈鼓应老师考证了说应该是“蔽而新成”。虽然一字之差，意思完全相反，中文的魅力就在这里，不管是否定还是肯定，这里都是在说得道者这么做很厉害！

“道”是不能用语言讲的，所以老子在描述“道”的时候，经常讲现象、用比喻，比成“玄牝之门”“上善若水”等，但那些得道的人是什么样子呢？老子说，这些人“微妙玄通、深不可识”，你就算看见了也认不出来。

老子的意思是说：那些真正得道的人，你是认不出来的。所以，那些看上去修行很好、很有得道者派头的人，十有八九是“骗子”。说是骗子有点过，但这些人肯定不是真正的得道者。

这个道理太有警示作用了！特别是在当下。很多骗子出来都装成得道的人。如果某个道士告诉你他有特异功能，十有八九是骗子；如果有个僧人告诉你他有诸多神通，十有八九是骗子；如果你周围有人成天拿个念珠，聊天必谈修行的，这个人修行一定还很一般。现在骗财骗色沽名钓誉的“修行者”很多，让人防不胜防。那得道的人到底是什么样子呢?

老子给我们形容了出来。

“豫兮若冬涉川，犹兮若畏四邻。”

冬天河水结冰了，在上面走要很小心，一步一步往前探。搬家到了一个新环境，对每个邻居都主动招呼，不熟悉他们的底细啊，最好谁也别得罪。得道者的行为就像这个样子。看见了吧，和我们想象的很不一样。得道的人一点也不潇洒，一点也不超凡脱俗！还不止如此，接着看。

“俨兮其若客，涣兮若冰之将释。”

去别人家里做客的时候，我们一定会注意自己的仪表言行，不会随便乱跑，不会做出格的事。春天来了，冰水融化是什么样子？自然而然的，缓慢的。得道者的威仪和气度就是这个样子。跟现在社会上的很多所谓的“大师”都不一样吧！

“敦兮其若朴，旷兮其若谷。”

木头是最朴素的，没有任何雕琢装饰，山谷是最空旷的，能听得见回声。得道的人就和他们一样。这就是修道者的外表和内心。想起了《天龙八部》里面的扫地僧，就像这个样子，那是得道高僧。

再看最后一句：

“浑兮其若浊。”

浑，同“混”。看上去很杂很乱，像污浊的水一样。这一句最难理解了，得道的人可能像低调的白领，像邋遢的乞丐，像精明的商人，像粗俗的莽汉……不可思议吧？想想济公和尚就明白了。不过济公和尚吃肉喝酒，如果活在今世，估计早就被世人唾沫淹死了。

真正得道的人，和光同尘，和周围的人不会有区别，只看外表是看不出来的。老子说“被褐怀玉”，外表穿一件破烂的衣服，但怀里有一块美玉，你是不知道的。耶稣在世的时候也是这个样子吧，他能和乞丐一起生活，他能亲吻麻风病人，但当时有谁能知道他那圣洁的心呢？

老子的描述很形象，总结一句话：越是得道的人，看上去越不像个得道的人。反过来也成立，看上去越像得道的人，修行越不怎么样。真正的高手都不像高手，越像高手的人，水平大多不怎么样。

老子后面还说：

“保此道者不欲盈。夫唯不盈，故能蔽而新成。”

记住，真正厉害的、修行很好的人，一定是不自满的，是谦卑的。正是因为这种谦卑，才让他不断地进步。

我文中说的“得道的人”，老子不是这么称呼的，《老子》中从来不说得道的人，只说“圣人”“善为士者”。为什么？因为没有人是得道的人，就像没有人是开悟的人。如果有人觉得自己是开悟的，那么他就不再是开悟的。所谓的开悟存在于过程中，就像铃木俊隆说：踏向彼岸的每一步，都是到达彼岸本身。

按照通俗的理解，一个“得道”的人，应该是很厉害啊，为什么行为举止还那么小心谨慎？仔细想想铃木俊隆的那句话，你会明白为什么善于修道的人，都是“若冬涉川，若畏四邻”。秋阳·创巴仁波切是个很异类的修行者，也是个大成就者。他说：调伏心的过程，就是你要追求的调伏心的结果。

“若冬涉川，若畏四邻”的处事，就是动之徐生，就能安以久。动态的才是稳定的。认为自己开悟了的，反而没开悟，认为自己到达了的，反而没到达。一直追求开悟的过程，就是开悟本身。

看到这里，有人有疑问：我不想得道开悟，也不奢望，我只想让生活无病无灾，情绪少一点，过得好一点，应该怎么做？

很简单，向那些善于修道的人学习。如何才能避免灾祸？并不是你能力强，你力气大，你定力好就能避免灾祸。避免灾祸的最好方式是远离灾祸。不想掉下悬崖，最好的方式不是练习臂力和攀岩，而是远离悬崖；不想被老虎吃掉，最好的方式不是练习长跑和跨栏，而是远离老虎；避免受美色的诱惑，最好的方式不是阅尽天下美女，而是时刻警惕，别让自己有这种机会。

这些也就是佛家讲的“戒”。自己不去做某事，本身就是“戒”。如果你戒了自然就会安定下来。“戒生定”。内心不再纠结，不再恐惧，不再嫉妒，不为所动，智慧也自然会增长，“定生慧”。

人生不过百年，经历的每件事情的过程，组成了这一百年。结果如何，其实是头脑里的判断，结果只是头脑的一部分，然后产生贪念、嫉妒、愤怒、不甘……过程是生命的一部分，结果是头脑的一部分。如果要过好人生，那么去注重每个过程，而不是结果。所以那些善于修道的人，他会时刻“若冬涉川，若畏四邻”。

人这一生有很多功课要完成，名、利、权、色、食等，每一门功课都会伴随着我们一生，不要以为自己某门功课已经毕业了。不会的，永远不会！没错，我用了永远这个词！一旦你认为自己毕业了，过不了多久你就会在上面栽跟头。再厉害的人也不例外。这也就是为什么，越厉害的人，越是谨慎的，越是谦卑的。所以《老子》第二十章说：“人之所畏，不可不畏。”

意思是说，别人担心畏惧的事情，你不要觉得自己很厉害就不用担心畏惧。真正得道的人明白，永远没有一个点是到达了终点，而走向终点的每一步，又都是终点。所以得道的人，时刻都是警觉的，时刻都是谦卑的。

得道的人尚且如此，何况我们这些凡夫呢！

红尘滚滚，心如磐石

真正修行之人，不会想要展示自己。修行到一定程度，他安住于道上，安住在自己的内心，秉承着善良的原则，不去计较他人是非，也不去关心谁的对错。

把一个修行之人，放在红尘中，他会是什么样子？

老子回答说：和其光，同其尘。意思是修行之人，要看上去和众人一样。从这句话可以看出，修行之人，和众人是不一样的，否则就不用强调“和光同尘”了。到底有什么不一样？修行人有“光”！

当今社会发展太快，节奏也很快。人们想出名、想发财，而且总想走捷径。每个人都很焦虑，担心被时代遗弃；每个人也都很紧张，害怕错失良机。

一个修行的人，生活在这滚滚红尘之中，他会如何？

今天我们一起来看看老子对这个问题的回答。

绝学无忧。

唯之与阿，相去几何？善之与恶，相去若何？

人之所畏，不可不畏。荒兮，其未央哉！

众人熙熙，如享太牢，如春登台。

我独泊兮，其未兆，如婴儿之未孩；

儽（léi）儽（léi）兮，若无所归。

众人皆有余，而我独若遗。我愚人之心也哉！

沌沌兮。俗人昭昭，我独昏昏。俗人察察，我独闷闷。

澹（dàn）兮，其若海；飂（liù）兮，若无止。

众人皆有以，而我独顽且鄙。我独异于人，而贵食母。

——《老子》第二十章

这一章比较长，我们一句一句地解读。

“绝学无忧”。大意是：有学就有忧，绝学就无忧。

老子之前讲过，为学日益，为道日损。想要修行，学太多的东西，没什么用。庄子也这么认为。

道家如此说，佛陀也是如此。

佛陀说：众生自性之中都具足智慧光明，只因妄想执着太多而不能证得。六祖慧能大字不识几个，开悟后，有人问他经典的含义，他无所不通，那就是自性智慧的显现。

圣人说不要学习！有些极端吧？儒家或许会不一样？

那看看孔子怎么说：

子曰：弟子入则孝，出则悌，谨而信，泛爱众，而亲仁。行有余力，则以学文。

——《论语·学而篇第一》

孔子也说，行有余力才去学文啊！

这就是无学之学。如果懂了这些，很多人应该没那么焦虑了。

“唯之与阿，相去几何？善之与恶，相去若何？”

大意是：唯唯诺诺和傲慢呵斥，差别有多大？善和恶，差别有多大？

老子不是傻了吧，连这都分不清？

当然不是。对修行人，所谓“唯”与“阿”，都只是应对说话的方式，这个方式代表的意思，是人们给出的定义；“行善”与“行恶”都只是一个行为方式，这个行为意味着什么，也是人们给出的定义。小偷偷了富人财物周济穷人，算是“善”还是“恶”？对穷人是善，对富人是恶。如果小偷偷了财物，除了周济穷人，自己还花天酒地大吃大喝了一番。算是善还是恶？

一切事情，都只是发生，而头脑会加以分别，贴上不同的标签。

但对于修行人来说，要习惯看整体，要知道贴标签之前的状态。老子讲：天地不仁，圣人不仁。佛陀讲：不二。大体都包含了这个意思。

这种思维方式，对我们有何借鉴？

当发生某件事，你特别愤慨，或者特别恨一个人，都只是你的头脑贴上的标签。不同的人会贴不同的标签。

到底谁对谁错？

不思善不思恶，不思对不思错。惠能对惠明说：

不思善，不思恶，正恁么时，那个是明上座的本来面目？

——《六祖坛经》

尚若如此，修行人是不是什么都敢做？

当然不，老子接着说：

“人之所畏，不可不畏。荒兮，其未央哉！”

大意是：人们所畏惧的，不能不畏惧。“荒兮，其未央哉！”就是感叹，荒芜啊，没有尽头。

为何人之所畏不可不畏？不畏就要死啊！不畏就要倒霉。而且要和光同尘，没有必要出风头。老子还说：“勇于敢则杀，勇于不敢则活。”

在某些方面，不够勇敢是好事。

在高速公路上超速开车、野外游泳、不做专业准备却涉险，都很容易出事故，也都是人之所畏，如果你不够敬畏，事故很容易就产生了。

众人熙熙，如享太牢，如春登台。

我独泊兮，其未兆，如婴儿之未孩；

儽（léi）儽（léi）兮，若无所归。

大意是：人们都热热闹闹，忙忙碌碌，像享受吃大餐一样，像春天踏青登高远眺一样。

而我呢，对这些物欲并不感兴趣，停泊在这些物欲萌发之前，就像婴儿还没长成小孩子一样。

显得落落不群的样子，好像无所依靠。

这段描述特别经典。哪怕过了两千多年，还是那么形象生动。

世俗的人，追求物质的享受，声色货利，越多越兴奋。而修道之人，对这些并不感兴趣。老子说修道要“复归于婴儿”。婴儿的状态，就是对所有事物都好奇，但没有分别心。

我以前经营了一个亚朵酒店，里面有个老阿里茶馆。我春节前后在茶馆里坐着，看到来来往往很多人。大家聊的大多是这个风口那个红利，有多少万用户多少亿 GMV（成交额），某某企业融资几千万，某某大佬做了电子烟。我在那里，显得落落不群。

是啊，几年前，我和他们一样，追名逐利纸醉金迷。但如今，这些对我吸引力大减。谁好谁坏？不好说吧。求仁得仁，又何来好坏。

“众人皆有余，而我独若遗。我愚人之心也哉！”

大意是：每个人对声色货利追逐不停，对智巧多方趋之若骛，而我却独自忘形去智。看上去特别愚蠢啊。

多么鲜明的对比！众人都希望越来越多，而我却什么都不要。对一个修行人来说，不求名不求利，甚至散去家财，放着好好的条件不享受，却要寡衣素食。在世人眼里，确实很愚蠢。

“沌沌兮。俗人昭昭，我独昏昏。俗人察察，我独闷闷。”

大意是：我看起来，混混沌沌，一点都不聪明。世俗之人都光耀自炫，而我却暗暗昧昧的样子；世俗之人一个个都精明灵巧，而我却无所识别的样子。

如果你留意观察，生活中真正的牛人，都很低调；真正有智慧的人，都很谦卑。有一次参加牛气学堂的年会，有人在台上演讲，台下有几百人参会。有位在第一排的嘉宾，从头到尾，认真做笔记。我问海浪他是谁啊。海浪说他是某公司的创始人，做电商十几年了，带着好几百人团队，一年有十几个亿的销售额。

真正修行之人，不会想要展示自己。修行到一定程度，他安住于道上，不去计较他人是非，也不去关心谁的对错。他只是安住在自己的内心，秉承着善良的原则，来指导自己的行为。那样的人，看上去一定是“昏昏”“闷闷”的。

那一个修行人的内心又如何?

“澹兮，其若海；飂兮，若无止。”

沉静的样子啊，像海之空阔不可涯量；又飘然无止，若长风之御太虚。好美！这种感觉，或许只有得道的人才能真正明白。我修行尚浅，只能仰望。

“众人皆有以，而我独顽且鄙。我独异于人，而贵食母。”

众人都自己所“自持有用”的东西，有所施展，而我单独愚顽而拙纳，和众人都不一样，因为我以“道”为贵啊。

想起庄子讲的一个故事。

有一天，南郭子綦来到商丘，看到一棵大树，非常大。因为这棵树的树荫，可以盖得住一千匹马。

子綦自言自语说：“这是什么树啊？必定不是普通的树。”

但仔细观察这棵树，却发现树干很弯曲，没法用来做栋梁；

底部很松散，没法用来做棺木；树叶有毒，咬几口就能让嘴巴溃烂；树的气味也有毒，能让人昏倒，三天都不能苏醒。

子綦感叹说："这真是一棵没用的树！所以才能长这么大。圣人也是这样，总是让自己毫无用处。"

这就是"众人皆有以，而我独顽且鄙"的解读。回到这一章的开头，绝学无忧，所谓"巧者劳而智者忧，无能者无所求"。

真的需要那么"有用"吗？真的需要创造更多的财富吗？真的需要奢华的享受吗？我个人的经历体会是，当人们能放下物质的享乐，生活就会变得轻松很多。

我在山上住了两年，衣服两三套，鞋子两三双，每月的生活费两三百，每日念经打坐，看书码字，不亦乐乎。想起孔子说的话：

贤哉，回也！一箪食，一瓢饮，在陋巷，人不堪其忧，回也不改其乐。贤哉，回也！

——《论语 · 雍也篇》

"我独异于人，而贵食母。"

"母"是指万物之母，也就是"道"。"食"字可以解读为"嗜好"。为什么修行人能做到这样？因为他们以道为贵啊。

俗世之人，背道逐物，追名求利；

修行之人，虚心实腹，以道为食。

俗世之人，昭昭察察，心猿意马；

修行之人，红尘滚滚，心若磐石。

七堂修心课

有很多人一辈子都在赚钱，不停赚钱，痛苦地赚钱，但忘记了自己为什么赚钱，而且越来越痛苦。

我想问问，你们幸福吗？大多很辛苦对不对？就算赚再多钱，做电商也很苦，还没什么地位。

我在山上修行，不赚钱，也用不了多少钱。好像没有钱也能过得很幸福。

我最近下山来，听了很多故事，有“吐槽”感情的，有“吐槽”事业的，有“吐槽”家庭关系的……

好多苦啊！遇到这些问题，我尽力帮忙解答。内心还有点小庆幸：我学会了解决生活中的苦。

现代人走入了一个误区：以为科技越发达，效率就会越高，节省的时间就会越多，我们就会变得更幸福。

以前从湖南到杭州，坐火车二十多小时，现在高铁三个半小时就到了。那节省下来的二十小时我们可以干很多事，可以睡觉看书，可以找朋友喝茶喝酒。事实却并非如此。时间多了，人们却更忙了！不是吗？

有的人会说，AI 智能时代发展成熟以后，人类好像就没什么事情可以做了，天天闲着。错！AI 越发达，人就会越忙。想不通的话，你看过去和现在就好了，过去是什么样，再看现在。过去的几十年科技发展这么快，飞机、高铁、手机、微信、微博，现在又出现了抖音、快手。以前还有一些闲暇的碎片时间，现在连碎片时间都没有了。以前睡觉前还会看看书，现在半夜起来上厕所还要点开手机刷刷视频。是因为科技的发展给人们带来了幸福吗？科技让时间更充裕、人变得更悠闲了吗？

把这个问题放一边，先来看看七堂修心课。

1. 金钱

我相信百分之九十的人最初的出发点就是赚钱。有人常跟我讲：不要扯那些“高大上”的东西，钱都没有，还想做一个产品造福人类？当马云说做企业要有社会责任感要解决社会问题时，会有人说，“你就是有钱了才会这么说的，你要是没成功你一样想赚钱！”

我们经常说，不忘初心。我感到惭愧，因为我的初心真是想赚点钱。这让我引以为戒，提醒我不要以赚钱为初心。我现在发现，我有了钱也不幸福，反而没有钱会开心一点。

最近我听到一个让人感动的故事。

有位仁泽法师，十多年前他去北京，在回龙观租了一个小房子给别人讲法。刚开始没有人听，就一个老太太，每天来听。但是就一个老太太他也讲，这样讲了一年。我想如果让我给人讲课，肯定希望人越来越多，这样才显得有价值，如果让我给一个人讲，可能我就会简单点讲，凑合讲一两次就可以了。我跟法师比，差得太远了。

故事还没完。因为他讲得太好了，慢慢听的人越来越多。开始有人做供养，之后他就租了一个更大的院子。

后来来了一个小伙子，说："法师，听说你是个好人，谁遇到困难你都会帮助的吧？"

法师说："你有什么困难？"

小伙子说："法师，我没钱，能不能把你的钱都给我？"

钱这个东西特别能考验一个人！

法师是怎么做的？他二话没说，带着他去了取款机，给小伙子看卡里还有多少钱，说："给我留五百块钱，其余的钱全拿走吧。"

如果法师在我面前，我肯定会给法师顶礼。

很多人有了钱以后就会发生变化。我讲个故事。

有个朋友，能力很强，前几年开公司，估计一年能赚几百万。所以经常会有一些朋友找他借钱。他也很讲义气。他的朋友说："兄弟，能不能给我搞十万块钱？"他说："好。""我妈如何如何……"他说："不用说理由，给我个账号，五分钟之内给你打过去。"又一个朋友说："哥，能不能给我来点钱。"他说好，给我个账号。

朋友的公司本来发展得很好，还融资一个亿，但后来很快就花完了，还欠了员工一千来万的工资。朋友很仗义，他把自己的房子卖了，去还员工的工资，其实他的股份不多，也就百分之十。

此时他缺钱啊，就跟以前的那些兄弟发消息说："兄弟，最近比较困难，能不能还我点钱？”你们猜结果如何？

那些借了他钱的人说：“最近我也困难，手上实在紧。”后来他连续追问，有的人压根儿就不回复，甚至把微信都给删了。他以前也没写过借条，一个月才要回四十万。几百万借出去，才回来四十万。

前几天我跟那个朋友聊天。他最近创业，公司又做起来了，一个月流水有好几百万。但他说：“七哥，现在虽然我又起来了，但不开心，我对这个世界失去了信心。”

我问：“为什么？”

他说：“我觉得自己讲义气， 对朋友真诚，为什么他们这么对我？如果再有人找我借钱，你说我借吗？”

我问：“你还借吗？”

他说：“不借，但是我心里面又难受。七哥，你说我该怎么办？”

你们会怎么回答？

我说：“你觉得你很牛，你觉得你很仁义吗？你有一百万，你给别人十万，这叫仁义吗？我觉得顶多算个好人。如果我有一万块，你跟我说七哥最近我困难，找你借五万。我说好，哥们这一万给你，你坐会儿我再给你借四万。这叫仁义！你手上有上千万，你借给别人点钱，这就是个好人？凭什么好人让你当？因为你有钱！他不找你找谁借，所以不要去怪他们找你借，也不要以为自己以前有多仁义。如果那些以前借了钱的人，如今又来找你，说最近公司紧张年底要还款能不能再借我二十万？ 你手上有钱，你还是借给他。这叫真仁义！”

他一听好像有道理，说："我还是觉得不应该像以前那样。"

我说："对，要有原则。不是什么钱你都要借，别人去赌博你也借吗？那是害了他。什么原则：第一，救人治病的钱，这可以借，借多少你都借；第二，如果是有小孩念书没钱，你借。其余的钱，你如果真借出去了，也就不要指望他一定能还，否则就别借。"

金钱这一课对于所有人来说都是值得深思的问题。

不管你现在有没有赚钱，不妨去想一想：为什么赚钱？有了钱你是什么状况，没有钱又是什么状况？

2. 名声

有的人说我没名，不用考虑。你没名，但你有公司，你们公司的小伙伴平时怎样对你？你对他们训话，你以为是因为你能力强？别人说："老板，你境界真高，讲得特别好，对我影响特别大。"你觉得真是因为你对他影响大？不，那只是因为你给他发工资。但是你习惯听这些好话。

有一天我在杭州未来科技城亚朵S酒店，遇见一个当地政府部门的公务员，比较年轻，和我关系还不错，我们一起喝茶。我跟他讲，如果有人给他送钱，他会很快意识到这是行贿。如果有美女跟他打招呼抛媚眼儿，他立马就能意识到，这可能是个陷阱。但经常有人跟他说："你长得英俊，为人正直，年轻有为，这样的领导很难得！"他会觉得很享受，不知不觉就以为自己真的很"高大"了。"名"对一个人的腐蚀最不易觉察，而且危害特别大。

人一旦有了“名”，经常忘了自己原来是什么样子。

再给大家举个例子。

我以前在文章里写过一个90后，他如何从一个客服做到运营；从每个月工资一千来块钱，到后来每个月一万多。后来我发了那篇文章，很多人加他微信，向他请教运营经验。他这人本性善良，愿意教别人。后来请教的人太多了，他就开了个收费的微信群，一人收几千块钱，然后在群里教别人。他教得确实不错，有很多人愿意交钱听课，他一下就赚了几十万。名声越来越大后，有人请他托管店铺。这样一来又收了几百万，而且对店铺运营确实有效果。

这时他一下子变得有钱了！我每次见他，他都开着不一样的车，从普通的车换成宝马，后来换保时捷911之类的。每过两个月就换一辆车。以前特别腼腆，他和自己心仪的女孩一起出去旅游，手都不敢拉。后来一见面就说，七哥走，我问去哪儿啊？夜总会啊！他经常去夜总会，去完夜总会去吃消夜，吃完消夜以后，还会有些别的事情。

不到两年时间，市场规则变了，一些运营技巧不灵了，以前的客户不满意了，就开始要求退款。客户越来越少，财务也搞不清楚，后来连房租都付不起。

眼看他起朱楼，眼看他宴宾客，眼看他楼塌了。这就是人生，很难得的经历，有的人可能一辈子都不会有这种经历。之后他有一年半时间没有收入，员工散了，合伙人也走了，后来没办法，他把车都卖了。

这故事还没完，他过来找我说：“七哥，我最近比较痛苦。”

我说："你认为公司出问题是什么原因呢？"

他说："因为我不善于团队管理吧，我们公司财务、员工做事情没定制度，执行得也不好。"

我说："不是团队管理的问题！我可以明确告诉你，如果像你这种人，本来没什么文化还这么作，做事情能一直很成功的话，我觉得太没天理了。你随随便便就可以成功，让那些勤勤恳恳创业的人怎么过？你的失败是必然的！"

这个小伙子的故事很有代表性，还有后续发展，后面再讲。

名声对很多人来说，可能觉得跟自己没什么关系。错，无论是阅历丰富的讲师，还是企业老板、员工，都有属于他的名声，而且你会发现其实名对一个人的腐蚀是最厉害的。

如果一个人特别有名，成天站在聚光灯下，他的傲慢是会增长的。一个人傲慢，是因为他无知。所有的傲慢都来自无知。

3. 美色

美色，所有的男人听到都会心里一惊。其实女人也是。我们说的美色不只是美女，还有美男！美色除了我们说的美女、美男以外，还包含很多，这个就不细讲了。

4. 情绪

说到情绪，有的人有无力感，有的人很纠结，有的人很郁闷，特别是遇到挫折后更郁闷。我没有特别的方法，但可以把我的经历和体会分享给你。

有人觉得我做事情很有力量。我曾经在阿里做高管，职业前景不错，但后来毅然辞职。那会儿阿里还没上市，我觉得写写文章很享受，就去做了自媒体。

2015年我托钵行走，从五台山到峨眉山两千多公里，不带分文。一开始我觉得体验一下挺好，学学出家的师父，托钵行走，念阿弥陀佛，在路上化缘要饭。

我走了一千几百公里，翻山越岭鞋底走破，脚上起泡，破了又好，好了又破。我走到成都文殊院的时候，一位法师把我认出来了。

他说："你是那个在行走的行空法师吧？"

我说："是的。"

他说："我太佩服了！你能够不带分文托钵行走，这个勇气让人佩服！"

我说："你们不都这样吗？"

他说："不，我们不这样。"

我当时以为出家人都是这样化缘，影视剧里面都这么演，没有钱，化缘时有吃的就吃，没吃的就饿着。

然后我问："你们不行脚吗？"

他说："我们也行脚，但是我们一般不走那么远，而且都带钱的。"

我有点无语。

一路走过来，遇到的恐惧只有我自己能体会，没有吃的，没有住的，很辛苦。当然，这段经历给我的收获特别大，或者说改变了我的一生。

我相信很多人心里其实都会有苦，有的人苦深一点，有的人苦浅一点，有的人是因为纠结，有的人是因为担心，有的人是因为压力太大。

如果你相信我的话，你可以试试：把你的钱包和手机放下，今天晚上你不要带钱，找个地方去吃住；如果找不着，就在外边冻着，第二天早上你再回家。你做这件事情，做完了，看你还纠不纠结，就这么简单。如果你连要饭的生活都能过，你还怕失去什么？

其实我们从头到尾就没有什么东西可以被失去，因为压根儿就没拥有过什么。你觉得钱好像是你的，可是钱不会一直属于你。你觉得痛苦，但连要饭的日子都能过时，你会发现痛苦都只是头脑编的故事。

一切情绪都是头脑编的故事，没有例外。

5. 责任

前几天北京某所学校的保安用锤子砸小学生，他为什么会这样？湖南一个小学生把他妈给杀了，然后第二天还照旧上学。山东某个学校有一个学生在班上成绩很好，经常得第二名，然后他将另外一个学生连捅十三刀，抓了他问他为什么这么做，他说他捅死了同学后就是第一名……

你可能觉得这离我们很远，跟我们有什么关系？我们又能做什么？

如果家里有小孩在读小学的，请你关注一下小孩看的短视频社交软件里都放些什么，有多少灰色内容？看一看搜索引擎的推荐首页里有多少是那种以低俗博眼球的？

好像这些跟我们没关系，那我们做企业是为什么？我们做电商是为什么？我们不就想让自己的生活过得幸福一点吗？

有的人说那我能做什么呢？

很好的问题，我们平时除了谈流量、风口、红利这些东西，能谈一点责任吗？并不是说让某个人来担整个社会的责任，但是公司有多少员工，我们能让他们回去过个好年吗？这就是责任。

我们作为企业老板经常忘记这些。前几天我问一个六年级的小学生，我说："你长大后想干什么？他说我第一梦想是做商人，像马云一样有钱，第二梦想是做明星。"

他是个特别善良的小孩，但是他的梦想是有钱和有名，你不觉得这跟我们每个人都有关系吗？ 如果我们能从自己做起，能去想一想责任，能想一想公司员工的父母，让所有的员工能以公司为荣，让所有员工的父母也以公司为荣，你不觉得这样公司才更有价值吗？

我希望大家能认真地思考一下责任，希望你们能够赚越来越多的钱，也能承担越来越大的责任。

我挺佩服马云的，并不是因为他有钱，而是他有很强的责任心。他想的是如何解决社会的问题，如何去承担更大的责任。

前几天，有个小伙子郑重地跟我讲："七哥，我忽然明白为什么我这么多年都不顺了！因为我之前做的和你倡导的完全相反。"他说自己很不顺，公司不给涨工资，人际关系很差，老板对他也不好，晋升更没戏，家里人看不起他。

我问他：“你想晋升吗？”他说想。

我告诉他一个诀窍：“找亏吃！什么叫找亏吃？来得比别人早，走得比别人晚，是你的活儿你干，不是你的活儿，你也帮别人干。如果领导找你谈话，说你做得不错，下个月给你加两千块钱工资。你回答说，领导要不再晚两个月吧，我觉得我现在的能力还不够，把这个机会让给其他人。如果领导想提升你，也想提升另外一个人，他很纠结，怕你们中没提升的那个人的积极性受影响。你就告诉领导，没关系，提升他，我还年轻，我有的是机会。你不觉得这个领导会更喜欢你吗？以后这个领导去哪里都会想带着你。老人家都说吃亏是福，但你就怕自己的利益被别人碰了，有一点点利益都要去抢。如果你反过来做，会发现自己瞬间不屑于与别人争了。”

他说我以后要去多帮助别人。

6. 慈悲

慈悲这个事，其实它跟信仰没关系，你信佛也好，信什么也好，都可以有慈悲。

什么叫慈悲呢？你愿意帮助他人，愿意替人受苦，就是一种慈悲。

举个例子。最近流感很严重，我得了流感，人很难受。这个时候怎么慈悲呢？我得了流感，想到那些清洁工人有可能更容易得流感。我难受可以躺在家里，他们还得去工作，他们请假要扣钱，所以他们的痛苦比我更多。于是我发愿：所有人感冒的痛苦，都让我替他们承受吧！

一旦说出这句话，内心就滋生一种力量，这个力量是以前没有的。这叫心力！此时，以前很讨厌的感冒，也变得有意义了，因为我在替所有人承受这个痛苦。

再举个例子。我父母吵架的时候肯定都很讨厌对方，看架势，甚至希望把对方给杀了，而且得杀好多遍才行。有那种嗔恨怎么办？真的把别人杀了吗？最好的方式是从内心里，用慈悲化解。

你恨一个人，他都不知道，受苦的是你，对不对？放过别人就是放过自己。

你心中没有嗔恨，内心才会没有敌人；你内心里没有敌人，才无敌于天下。此时也没有嗔恨造成的痛苦。

慈悲跟信仰没有关系，你信不信佛都可以这样。

7. 信仰

一个真正的共产主义者，是很值得敬佩的！一个人真做到全心全意为人民服务，这个人也绝对值得敬佩！

现在有的人不相信一切，也不相信有人甘愿奉献，但我的老师就是一个全心全意为他人的人，我还见过不少人，也是这样。感兴趣的朋友可以研究一下信仰，信仰会让一个人心力变强。

我婶婶，一个农村妇女，五十多岁，个子不高，平时很柔弱，我叔叔却是抽烟、喝酒、打牌，还打老婆的那种人。我婶婶信佛，有次我叔叔买了几条活鱼，婶婶不忍心就偷偷给放生了，又怕我叔叔打她就去买了些死鱼回来。我叔叔吃出来了，还是把她训了一顿，她也不吭声。平时她伺候完老的，伺候小的，家务活儿得干，孙子也得带，每天任劳任怨。中国的妇女特别伟大，善良勤劳，任劳任怨。

我平时在山上，有一天她打电话给我说："文德，你能不能帮我劝一下你叔，让他答应我出去禅修。"

我说："去哪儿禅修啊？"

她说："去山东，一个寺院要禅修一个月，那个老师特别好，机会很难得，我都已经买车票了。"

我说："那去啊！"

她说："但是你叔不让我去。"

我说："没问题，我跟叔叔说。"

我打电话给叔叔，说："婶婶要去禅修，你支持一下，她平时也没有什么年假，天天给你干活儿。你也没让她过什么好日子，这就当放一个月假。"

叔叔怒了："禅什么修，要禅修。就在家旁边那个寺院里修，烧烧香拜一拜，跑那么远干吗，小孩谁带？"

我说："小孩让他妈带不就好了。"

他说："他妈要上班呢，为这个把工作辞了，哪来的钱养家？"

我说："那怎么办呢，她说要去。"

他说："不行，不能让她去！"

我说："她说车票都买了。"

他说："她敢？"

我说："不然呢？"

叔叔说："她上火车那天就是她死的那天。"

我说："她要死了你不是也得死吗？对不对？"

他说："那更好了，这样的话，儿子不用养老了，这倒是省事了。"

这是真实对话，这事我叔叔真干得出来。

我一想，这不行，所以我又跟婶婶打电话说："婶婶啊，学佛呢，我们要恒顺众生，要照顾家庭关系，对不对？不要搞得鸡飞狗跳，你看他说得比较严厉，要不我们以后有机会再去吧。"

我婶婶说："我还是要去！"

我说："叔叔说了你去的那天就是你死的那天。"

婶婶说："就是死我也要去。"

忽然之间，我感觉到我婶婶超级强大，不可征服！

这个力量从哪儿来？从心里来，这叫心力。如果她生活在战争年代，一定敢英勇就义！

我后来回老家，看见我婶婶，我问："你去了吗？"

她说："我去了。"

我问叔叔："你怎么让她去的？"

他就说："她要去嘛，没办法了，就去呗。"

今天我讲这个，并不是建议你信佛，而是你要有信仰。信仰会给你带来力量！

刚才讲了七堂课，回到前面讲的那个小伙子。

小伙子的公司倒闭已经有一两年了。前些天小伙子过来找我，说自己最近做"拼多多"，还不错，一天能发上万单。他问我以后应该注意什么。我说不要乱花钱，要惜福，还要好好学习，提升自己。其实我有点疑惑，像他这样"作"的人都能东山再起啊？我跟他说："你既然又开始赚钱了，平时可以多做做善事，修桥补路，资助贫困学生什么的。"他说："七哥，我这些年一直在做。遇到朋友圈有人求助，马路边乞讨的，我都捐好几百，有时给一两千。后来没钱了，我就没做这些事了。"听了他的回答，我的疑惑消失了。

前几天有个朋友和闺密一起过来见我，跟我"吐槽"她老公。她说她老公平时跟她不怎么说话，有一次她带着小孩，自己到国外玩了几个月才回来。她正跟老公闹离婚。我说："你老公对你不好吗？"她说："他对我很好，但那都是套路。"

我说："你老公对你不好，你生气；对你好，你又觉得这是套路。做你的男人真不容易。"

我问她："你到底想要什么？"

她说："我想要快乐。有一次到北京住了两个星期，看话剧，逛公园，带小孩，我觉得这种生活特别适合我，我是不是就适合一个人待着？这个状态特别好。最近我又开始去忙工作，工作状态好像又好了。"

我说："我听到你现在状态好，倒觉得挺担心的。"

她问："为什么？"

我说："你状态有好的时候，就一定有状态不好的时候。你想追求快乐，就一定有痛苦的时候。其实所有的人都在追求快乐，但每个人都很苦。"

大家看一看周围的人，看一看周围的亲戚朋友，有哪一个是天天快乐？是只有幸福？有很多人羡慕我的家庭，有儿有女，经济上也可以，还能够讲这么多大道理。那我妻子和小孩应该很幸福？本应如此啊，但这不我又上山修行去了！

我们每个人都在追求快乐，但是最后又都很苦。而痛苦的原因，正是因为我们想追求快乐。荒谬吧！因为只要你想追求快乐，痛苦肯定会来，他们就是一体两面。

这时那个朋友听得矛盾了，她问："七哥你什么意思？我不追求快乐，难道要追求痛苦？"

她逻辑能力很强。那我们是要追求痛苦吗？当然不，没有人会去追求痛苦。

所以，如果你真的想要快乐，不是去追求让自己快乐。快乐这个状态怎么来的？答案就在这里：

所有的快乐都来自希望别人快乐，

所有的痛苦都来自希望自己快乐。

希望每个人都越来越善良，希望每个人都越来越幸福，希望社会变得越来越好！

（本文来自作者在牛气学堂2019年年会上的演讲）

跋
期待在修行路上与你相遇

最近我看了不少高僧大德的传记，多次被感动得泪流满面。一天，我忽然想到一个问题：为什么我不能像他们一样？

以前我看名人传记，总觉得他们离我很遥远，仿佛是另一个世界的人。他们过他们的精彩人生，我有我的花花世界。从来没有想过自己要成为像他们一样的人。是的，他们都太“高大上”了，而我，又何其普通。

当我问自己“为什么我不能像他们一样”的时候，忽然感觉内心涌出一股力量。

是啊，他们经历过的，我一样可以经历；他们承受过的，我一样可以承受；他们要承担的，我一样可以承担；他们为了利益大众，能舍身求法，我为何不可以呢？

想到这里，忽然觉得没什么害怕的了。失去名声，失去财富，甚至牺牲生命，又有什么关系？只要执善坚固，虽千万人吾往矣！

感慨一下，希望自己能做到吧。

很高兴你能读到这里。对于作者来说，有人愿意阅读他写的跋，是一种欣慰，至少说明，这位读者对这本书还比较认可。但你千万不要以为我水平很高，我在修行这条路上走了十来年，才算是刚入门吧。所以，我书中讲到的方法，只能供你参考。如果你想进一步修行，最好的方式，是找到一个真正有成就的老师，然后听他的。他会知道什么是最适合你的修行之路。

真正的修行诀窍只有五个字：听老师的话！当然，在你没有找到有缘分的老师之前，你不妨试试我书中提到的一些方法。关键不在明白道理，而在于要用在自己身上。

这本书的出版，首先要感谢何亚娟女士，要不是她的多次邀请，这本书不一定会面世，或者会拖上很长一段时间；也感谢洁丽女士，她是那么专业、细致和耐心，对本书的内容编排提了诸多建议；感谢我的父母、小孩和小孩的妈妈，我把世俗的事务都留给了他们，没有孩子妈妈的理解和支持，我无法在深山安心修行，也不会有这本书的出版；还要感谢我修行的师兄宗翎法师，他修行很好，文采也很好，写过不少好文章，在我的公众号“鬼脚七”中能找到；最后，还要感谢正在阅读的你！

是的，就是你。你和我一定有某些缘分，你才会拿起这本书，而且阅读到了这里。而现在，咱们之间的缘分更深了。

当一个人真正开始修行的时候，生活会变得很精彩，所有事情都会变得有意思！哪怕是一些痛苦不堪的经历，或者一些鸡毛蒜皮的小事，或者一阵微风吹过，或者一声清脆鸟鸣……人生处处是修行。

我期待能在修行路上与你相遇！

所以，从今天起，好好在生活中修行吧！为了你，为了你的家人，也为了众生！

最后，谨以此书献给所有指导过我修行的老师们：愿他们身体健康益寿延年，愿他们的教导能启发更多人！也以此书献给所有正在经历负面情绪和痛苦折磨的人：愿他们智慧增长，愿他们能远离痛苦及苦因。把我的快乐和福报都转给他们，他们的不幸与痛苦都由我来承受！愿所有的读者，能从本书文字中获得些许启示，都能获得快乐！

文德（鬼脚七）

2020 年 7 月 15 日

于青海果洛

真正的你本来就是圆满的，

没法增多，也没法减少。

修行就是修心，

当你面对焦虑、烦恼、迷茫时，

这本指南可以让你滋生内心的力量。

课

COURSE

程

人一生不过几十年，却有诸多课程要修，如金钱、美色、名望、亲情、美食等。生活给人们安排了大体类似却又各不相同的课程。有人悟性好，有些课能很快毕业，也有人到临终，有的课程还没毕业。知道当前属于你的课程是什么吗？嗯，这要问自己："我执着的是什么？"

如果你发现自己最近几年投资做生意，总是遇到各种不顺，让自己痛苦万分，你要意识到：这可能是一门关于金钱的课程。

如果你毕不了业，一辈子也别想舒服，就算赚了钱，之后也会痛苦不已。别气馁，大多数人跟你一样，终身也无法在这门课上毕业。

如果你发现自己最近几年总和一些异性有牵扯，虽然有时身心愉悦，但总是麻烦不断，生活一团糟，你要意识到：这可能是一门关于感情的课程。

如果你毕不了业，一辈子也别想舒服，就算你不打算招惹别人，也总有各种机会让你深陷其中。别担心，随着年龄的增长，大多数人都能在这一课程上毕业。

每人要修多少课程，谁也不知道。有人天生对吃不讲究，差不多就好，那他根本不会有“美食”的课程；有人天生不喜欢出风头，就希望当一个默默无闻的人，那他也不会有“名望”这门课。有人一辈子都在“金钱”中持续补课，也有人需要同时修几门课程。

生活会持续不断地让你遇到各种麻烦，直到你在这门课毕业为止。因此，遇到麻烦时，微笑着对自己说：“嗯，又要上课了。”

何为毕业？放下！

谦 HUMBLE 卑

谦卑,这个品质非常珍贵。这个时代,人们要么自卑,要么自大,很少有人谦卑。

谦卑不是嘴上说自己不行但内心依然认为自己很了不起，谦卑也不是嘴上说自己一般般但内心认为自己差得要死。

谦卑是不否认自己的能力，但也知道自己的不足。谦卑是哪怕别人不如自己，也要把他们放在更重要的位置。

和朋友聚会，把主座让给别人；部门完成了项目，多列举同事的功劳；坐地铁时，永远不要和别人争座位；无论马路边遇到什么人，都要尊重他，哪怕他只是个乞丐……

永远不要骄傲，所有的骄傲都来自无知；时刻保持谦卑，谦卑是让人受益一生的修行。

念 THOUGHT 头

你关注过自己的念头吗？它们从哪里来的？又消失在何方？下一个念头如何出现？

你想到自己，不知有没有人点赞，前女友上次还点过赞，虽然好久没联系，但想起此事还是蛮温暖的。她最近在泰国吗？不知道她是否找了男友，现在的人换恋人换得很快，这社会是怎么了……

以上是典型的念头转变的过程。从“发了个朋友圈”到了社会道德问题。

用五分钟时间，观察自己的念头。无论是什么念头，都只是看着它，明白它只是个念头。不要判断念头的好坏，不要分析念头的内容。如果跟着念头走了，回来就是，这也是个念头。头痒了，这只是个念头，不要去挠；想起了同学，这是个念头；一会儿玩游戏，这是个念头；渴了想喝水，这是个念头……

念头和行为，是可以分开的，而且当你去看着某个念头，它会神奇地消失。

有没有发现这个方法的强大？当情绪低落时，你可以看着念头，低落的情绪自然缓解；当愤怒时，你可以看着念头，愤怒的情绪自然消减；当忍不住要玩游戏时，你可以看着念头，贪玩的欲望会减轻；当忍不住想吃东西时，你可以看着念头，减肥计划会坚持得更好一些……

这是个简单且强大的方法：观念头。可用它来训练你的心。

不过，又是谁在观念头？

兴 INTEREST 趣

这个社会竞争越来越激烈，各行各业、各个年龄层的人，都是如此。然而，这些竞争都是低层次的，其实你不跟任何人竞争，生活也会过得很好。

找个时间，审视自己的兴趣，要认真对待这件事。如果你兴趣太多，那找出最重要的那个。如果你的兴趣是当个文学家、书法家、科学家，或者你只是特别喜欢种花种草，或者你只是喜欢做饭喜欢美食，又或者你喜欢写代码喜欢编程，这都很好。

好好发展它们，发展一辈子，此时，你根本不用与别人竞争。

没有人能抢走你的兴趣，就像没有人能抢走你的想法一样。而且你有足够多的时间可用来发展兴趣。一周七天有 168 小时，40 小时上班，56 小时睡觉，14 小时吃喝拉撒，你还有 58 小时自由支配，比你上班的时间还要多。

如果你的兴趣与上班的内容相关，那发展兴趣的时间更多了。按照“一万小时定律”，你三年时间就可以成为某一行业的专家，足以让你的生活过得舒适。

但人们总是目光短浅，容易被眼前的事情诱惑。绝大多数人，每天都陷入那些低层次的竞争之中。他们几乎参与了身边所有的竞争，但从来没有胜利过，也不可能成为专家。

你应该认真审视自己的兴趣，确定一个可以陪自己到老的兴趣，然后投入其中，日积月累，持续不断地投入。不用与别人比较，更谈不上与人竞争，你只需要看自己，看看昨天的自己，再看看今天的自己。

胜人者有力，自胜者强。三五年之后，它带来的成果远超乎你想象。

如果能坚持一辈子呢？你可能会成为行业中的泰斗。

敬畏

REVERENCE

看见有人在马路边找盲人算命时，你会鄙视他们；看见跳大神的巫师在画符治病时，你会鄙视他们。

你是对的，你受过科学教育和唯物主义的洗礼，知道了诸多事物背后的规律，你有权利、有能力拒绝迷信。

但人容易走极端。有的人除了能看见的和能理解的，他们什么都不信。

这个世界上的神秘，远远没有被彻底发现。大自然的神秘，宇宙的神秘，生命的神秘，哪怕是一只蚂蚁的神秘，科学家也无法彻底了解。

以前人们都相信科学、相信唯物主义，但近几十年，科学和唯物主义开始分道扬镳了。

这个世界不只有物质，还有非物质；不只有科学，还有非科学；不只有光明和黑暗，还有混沌；不只有生和死，还有薛定谔的猫；不只有我们肯定和否定的，还有那些超出我们认知的东西存在。

我们不能迷信，毕竟我们有了足够多的知识；但也不能完全拒绝科学还不能解释的问题，毕竟我们还没有足够多的知识。

正确的处理方式是：微笑地看着发生的一切，带着一丝敬畏。

信 仰

FAITH

一个人无论是否有信仰，都会坚信自己的选择，就像坚信太阳明天会东升西落一样。

有信仰的人会同情那些没有信仰的人，反之亦然；若都有信仰，信 A 的人会同情那些信 B 的人，反之亦然。

这里用的是同情，事实上也可能是鄙视、排斥、嫌弃。

有人是因为恐惧而有了信仰，有人是因为逃避而有了信仰，也有人是因为探索真相而有了信仰。

信仰是一道光，一旦照进某人的生活，他的世界观会发生巨大变化。

复杂的变得简单，迷茫的变得坚定，恐惧的不再恐惧，悲伤的也不再悲伤。他的人生朝着信仰设定好的目标前行，未知，甚至死亡都不再可怕。

生活中有诸多无形的绳索，如名利、酒色、家庭和感情，当某一天你偶然从这些绳索的紧勒中喘上一口气时，你可以研究一下信仰，像研究哲学一样研究信仰。那时，或许你会有所获。

你并非一定要有信仰，但你需要了解它。

爬山

MOUNTAIN CLIMBING

假如生活欺骗了你，你可以去爬山。

无论是什么山。不一定要风景如画，也不一定要巍峨险峻，去爬就好了。不一定需要结伴而行，独自爬山更是难得。

爬山会让人变得简单，一小时，两小时，半天时间，你只有一个目的，就是爬到山顶，汗水和路边的杂草树木会让你无暇记起生活给你的烦躁。

累了，你就坐在路边石头上歇息片刻，身体会告诉你它的幸福，一直紧绷的肌肉瞬间得到放松；窸窸窣窣的虫鸣和风吹树叶的声音，会引起你的注意；脚下忙碌的蚂蚁和倔强生长在岩石缝里的不知名的植物都让你感到惬意。此时，你和它们没有区别，你也是大自然的一分子，大山的气息成了你的气息，你的气息也成了大山的气息。

你可以眺望远方，那连绵不绝的青山，青山后面还有青山；你所熟悉的繁华的都市，已经只是一小片水泥房子，就像小孩玩过的积木，凌乱地堆在那里。就是那一堆积木，却包含着你和成千上万人的喜怒哀乐悲欢离合，想到这里，你会觉得讽刺。

如果此刻城市中也有人望向你，他们一定看不见你，更看不见你的忧伤。他们只看见那座大山，仿佛山上什么都没有。

山上确实什么都没有，因为这一切，都成了大山的一部分。

无论生活是否欺骗了你，你都可以去爬山。

当然，生活从来不会欺骗你，只有你自己欺骗自己。

诚实

HONEST

从小老师和父母就教我们要诚实，但很少有人真的做到完全诚实。诚实代价太大，而说谎几乎没有任何损失。

我们从小就学会了说谎，作业没有做完，会找一个连自己都不信的理由；为了不挨骂，死活不承认自己犯的错误；为了不让别人知道自己的秘密，随便找个理由搪塞过去。

有时，我们很容易不相信周围的人。不相信父母，虽然他们教育我们不要说谎，但你发现他们经常说谎；不相信兄弟姐妹，因为你知道他们平时习惯性说谎；不相信同事，谁也不知道他们真的在想什么。

说谎是天生的，而诚实不是。说谎者很善于伪装，他们经常说“我这个人啊，只会实话实说……”或者“唉，我这人心机太少，不会拐弯抹角，不会说谎”。

遇到类似情况，你一定要警惕，对方可能要说谎了。生活中人们必须判断对方所说是否真实，这不是件容易的事，每个人都活得很累。

如果你也觉得很累，你可以让自己保持诚实。

诚实，不只是对他人，对自己也要诚实。不用去掩盖自己的错误。人生海海，谁不会犯错？诚实或许会让一个人暂时难堪，但同时也会愈合他灵魂中的伤口。

在这个时代，一个能诚实的人，是个高尚的人。只有那些经历了人生诸多磨砺变得真正有智慧的人才会懂得诚实的珍贵，才会让自己保持诚实，是真正的诚实，几乎连善意的谎言也不说。

你可以试着让自己保持诚实，对他人诚实，对自己诚实，哪怕一个月也好。

文学

LITERATURE

文学的生命，几乎与人类文明一样长。诗歌、小说、散文、童话、神话传说……在日常生活中，文学看上去可有可无，却早已融入了人类的灵魂。

你每天都应该抽时间去看看那些经典的文学作品，哪怕半小时，哪怕五分钟。可以看一本小说，可以阅读一篇散文，或者朗诵一首诗，有了它们，你这一天就不再枯燥。

不要认为这是浪费时间，这比你花在网剧、社交软件，浪费在游戏上的时间要少得多。更何况，这根本不是浪费时间，而是在滋养你的灵魂。文学的影响，总是悄无声息。在你不经意间，一句话或者一个故事会像闪电一样出现在脑海，你瞬间成长了。

去拥抱文学吧。

当你拥抱文学，就不会觉得内心孤独，不会觉得生命平淡，不会觉得生活黯淡无光，不会觉得社会庸俗不堪。

当你拥抱文学，你是在倾听作者的讲话，可能慷慨激昂，可能喃喃私语，这不重要，重要的是，你会看见他的灵魂。那些作品中所有角色的灵魂，都是作者的灵魂。当你看清了他的灵魂，你会微笑，他也会微笑，他从此也就融入了你的生活。

文学是人类最珍贵的财富，远非黄金白银可以比拟。不是吗？只有人类才拥有文学。

淫欲

LUST

淫欲是人类身体的欲望，也是基本欲望。因为它，人类才得以出生和传承。它不坏，但也不好。你要想办法战胜它。

淫欲是只狡猾的狐狸，只要有瞬息机会，就会出现在你脑海里。

一旦出现，它会自我壮大，然后不择手段来满足自己的需求。满足之前，它会异常亢奋，满足之后，又会觉得空虚无聊。

它十分强大，强大到许多强大的人都成为它的奴隶，因它而犯下罪行；它又一视同仁，无论是达官贵人，还是平民百姓，在它的面前，几乎都只有招架之功，而无还手之力。

一旦被它诱惑和控制，便是万劫不复。

难道它无法战胜吗?

不要认为自己经历足够多，就可以战胜它，也不要以为自己持戒多年，就可以藐视它。对常人来说，它几乎是不可战胜的!

然而，当你认识到这一点，你就有机会战胜它。战胜它最直接的方式，就是远离它。要时刻保持警惕，远离那些场所，远离那些人，远离那些图片、视频和文字。

当头脑中出现一丝相关的念头，立刻观照它。如果不会观照，你可以做一些事情转移注意力。

即使如此，你也不一定能战胜它。你还可以尝试其他方法，就像玩游戏一样。人生很长，可以多玩几十局。

朋

FRIEND

友

生活中有很多关系，父子、爱人、同事、邻居、朋友等，其中最无私、最让人感到轻松的关系就是“朋友”。

上司对你好，希望你好好做出业绩；爱人对你好，希望你也对他好；父母对你好，希望你以后能孝顺，能出人头地；而朋友对你好，绝不是图你什么回报，只是因为你们是朋友。

朋友关系，看上去最不牢固，却是最牢固的。若是真朋友，你赶也赶不走。朋友求不来，求来的、交易来的都不算朋友。

友情最初如何产生，貌似说不清楚，直到双方都意识到彼此是朋友时，友情已然存在多时了。

友情结束却有很多种，最让人伤心的莫过于背叛。

然而朋友是独立的，从不依赖对方，不曾拥有，何来背叛?

朋友之间可以相爱，但爱人却不会是朋友，因为爱人之间相互依赖。

不要总想着去获得更多朋友，越是如此越是一无所获。只需要去对别人比对自己更好，时间长了，朋友自然就出现了。

工

WORK

作

只要人活着，就应该工作，认真地工作，努力地工作。不要去计较工作的报酬，工作本身就是其报酬啊。

当你编写完一段代码，当你提交了一个研究报告，当你完成了一块土地的耕种，当你修好了一个轮胎，当你打造了一把座椅，这过程中的汗水与牺牲，都是报酬。

若你找到一份工作，不用付出辛勤劳动就能获得高额的薪水，千万要警惕，这并非好事，这是在浪费生命。生命的组成部分，并不包括那些金钱和名誉，但包括工作中的你。

当你离开这个世界，工作的成果会留下。

头脑经常会告诉你：啊，休息一会儿吧，享受一会儿吧，你看别人都在享乐呢！

你千万不要上当，享乐不会带来任何价值，反而会让你三心二意，踟蹰不前。而且，工作和享乐并不冲突，当明白工作本身的价值和乐趣，你会发现那种声色犬马灯红酒绿的享乐太过无聊，玩的时候极度兴奋，过后却空空如也。而工作，会让你充实和愉悦。

找个你喜欢的工作，哪怕报酬少得可怜。

你以后会明白，在人生的长河中，生活得艰难，并非坏事。

不用期待努力工作后会获得什么，不要过分期望那些。所有的失望都来自希望。工作本身就是工作最大的报酬。为了工作而工作，不是很好吗？此时，你的心会很安稳，没有人能伤害你，也没有人能使你失望。当你专注在工作本身，一切其他收益都是惊喜。

所以，努力工作，日复一日。

婚姻

MARRIAGE

任何人对待婚姻都需要谨慎。

不要因为孤单而和另一个人结婚。你要知道，两个孤单的人在一起，并不会让孤单消失，就像两个盲人在一起，也看不见太阳。

不要因为害怕受苦而和另一个人结婚。你要知道，两个人的结合，关系着三个家庭，你将会承担更多的责任，也需要承受更多的压力。

不要因为责任而和另一个人结婚。你要知道，以后的日子会很长，所谓的责任，不足以抵消婚后生活带来的无奈与痛苦。

不要因为到了婚龄而和另一个人结婚。你要知道，这种将就的日子，除了让周围的人不再议论以外，不会给你带来一丝好处。

也不要因为深爱一个人而和他结婚。你要知道，婚姻并非爱的下一个过程，而且仅用一张盖着红印的冰冷的纸来证明你们真挚而神圣的爱情，是一件很可笑的事。

那还要不要结婚？当然要。当你们真的想要结婚，那就结婚，只是不要抱着之前讲的那些目的。你要知道，所谓的婚姻生活，只是一种生活方式，也是一种生活的体验，和一辈子单身的体验本质一样，仅此而已。如果你们做好准备，希望迎接一种新的生活，那就结婚吧！

青

YOUTH

春

青春属于年轻人，但年轻人从来不知道青春的美好。

他们成天因为脸上的粉刺和口袋空空而苦恼；或者他们爱慕异性又对身体的欲望不知所措；或者他们有远大的梦想却又不想一步一步前进。

他们虽然头脑灵活精力充沛，但兴趣太多以至于很多事情都浅尝辄止；他们虽然热情奔放身体强壮，但又难辨是非在歧路上虚度光阴；他们向往高高在上的名声和日进斗金的事业，但当那些真正到来之时，早已不是心中的模样。

青年人拥有青春的美好，往往被中年人和老年人羡慕。

中年人和老年人有了生活的阅历，有了成熟的心智，但他们没有了年轻的身体和热情。他们希望青春再来一次，但也只是想想。于是他们把希望寄托在子女身上,或偶尔大发感慨:年轻人啊,一代不如一代。

他们忘了年轻时的他们,一样幼稚和冲动。

故而所谓的青春的美好,根本就不存在。应该说:真是庆幸啊,青春终于过去了!

难道不是吗?年轻时的热情与美丽,真抵得过那时的混乱、自私、冲动、轻狂、幼稚、伤害、虚伪、懵懂和迷茫吗?曾经伤害过多少无辜的人?又做了多少事情让自己羞愧难当?如今我虽然没有了强健的身体,但拥有了锐利的思想啊。

如果你的青春还在,希望你能珍惜。如果你的青春已逝,那么,值得庆祝!去喝一杯吧!

敌 ENEMY 人

你会遇到不喜欢的人，会遇到不喜欢自己的人，也会遇到总与你作对的“敌人”。当你恨一个人，会希望他倒霉、生病，甚至出门遇到车祸……

当你想起自己的敌人，别让怨恨完全占据了头脑，要留一点清醒。要知道，敌人只是相对你而言。而且，有敌人并非完全是坏事。

敌人会帮你成长。一位拳击手，若没有敌人，怎么可能变得强大？一位创业者，若没有敌人，如何能成就长青基业？

在你的人生中，若没有敌人，你的心智还会是个小孩子。当然，小孩子也不得不面临许多敌人。

所以，你去怨恨敌人的同时，也要去感谢他们，是他们帮你成长，是他们帮你看清自己的弱点、认清人性的本质。

若你有个忠实的反对派，你是幸运的。无论你做什么，你的忠实的反对派都会反对你。反对你是他的生活，而他的反对可以帮助你清醒。在你们的生活中，你们相互视为敌人，但又不可或缺。

如果你还没遇到他，并非他不存在，只是你还不够优秀，他没有表现出来。

如何才能消灭敌人？有很多方法，但都不可能彻底消灭他们。

如果你有魔法能让你最痛恨的敌人消失，在他消失后，他的亲人和朋友也会成为你的敌人！

当你努力去消灭敌人，你会发现敌人反而越来越多，就像夏天的蚊子，你拍死一只，还会过来一大群。

无解吗？不，敌人只是相对你而言的，并非绝对存在。当你内心不再有怨恨，敌人也就不再是敌人。

当你心中没有敌人，世上又哪来敌人？

耐心

PATIENCE

生活节奏越来越快，学生都希望快速进步，练书法的希望很快成为书法家，学钢琴的希望快速成为钢琴大师。社会上的速成班火爆,快速成功和快速致富的书籍销量都很好。做事需要有效率，但生活需要有耐心。

每件事有每件事的优雅，想欣赏它的优雅，需要有耐心。

你不必在看书的时候一定要听音乐，你不必在开车的时候一定要听 Radio（电台），你不必在吃饭的时候一定要看网剧，你不必在聊天的时候一定要嗑瓜子。

关注每一杯茶的味道，关注每一口饭的味道，关注路边的每一片树叶，关注打落在玻璃窗上的每一颗水滴。你会发现，日子和诗一样。但这需要耐心。

慢一点又如何？时间不过是个概念。十二点并不存在，存在的是你的午餐；晚上八点也不存在，存在的是你和儿子的嬉闹。你就这样优雅地过着生活，无所谓快和慢。

还需要耐心对待自己每一刻的情绪。不要试图让它们快速离去，耽误不了多少时间。耐心地观看情绪的各种表现，让它们充分展现自己的优雅。情绪也有情绪的优雅，愤怒中充满力量，悲伤中含着智慧。它们都在舞台上表演，你是那个耐心的观众。

不要说自己性子急，当你这么说时，你已经失去了耐心。每个人都有耐心，只是有人不愿意使用罢了。

烦
SUFFERING
恼

烦恼总是伴随着每个人，而且讨人厌。

人们总希望过童话故事里王子和公主过的那种无忧无虑的日子，但从来没有人过过那种日子。现在社会的王子和公主，烦恼比普通人还多。

人们总希望快速解决生活中工作中感情中的烦恼，但从来没有人能把烦恼都解决。就算你聪明绝顶，就算你废寝忘食，烦恼依然层出不穷。

虽然明白这个道理，但人们仍然像爬运动轮的小仓鼠，不停奔跑。每日忙忙碌碌废寝忘食，解决一个又一个烦恼，又面临一个又一个烦恼。最好的日子，是在上一个烦恼解决之后下一个烦恼来临之前，能有片刻的喘息。

有人为了躲避烦恼，去深山旅游，去体育场运动，去抄经，甚至出家为僧，他们以为这样可以丢开烦恼。

后来他们都失败了，烦恼如影随形。就算到了一个杳无人烟的地方常住，太孤单了找不到人说说话，这又成了烦恼……

正确面对烦恼的方式，是与它们为友。来了，喝杯茶，走了，挥个手。

如果你不想搭理它们，就看着它们自由玩耍。就像在游乐场，你要接待不同的小孩子，他们有时排着队，有时一拥而上，你要做的就是耐心地接待他们，他们玩够了就会自己离开。别和他们吵，也不必挽留，只是接待。

人人都希望没有烦恼。若生活中真没有了任何烦恼，也会是件令人烦恼的事！

爱

LOVE

情

爱情是人生中最美好的事物。爱情的开始很美，中间很美，结束也很美。哪怕是分手了，那种伤心也很美。有人一直沉浸在失恋的痛苦之中无法自拔，是因为失恋的痛苦很美，他舍不得丢弃。

爱情和外貌关系不大。美丽的外表，会欺骗爱情。有时我们只是被对方的外貌短暂吸引，并非真正的爱情。就算美若天仙，相处久了，你也会发现她有很多缺点。就像你对刚买的手机爱不释手，但新鲜感过去后，那也只是一部手机而已。越是面对貌美之人，越要小心自己是否上了美貌的当。

爱情不只属于年轻人，爱情从来没有年龄的限制。

爱情很美好，但也很危险。

应该珍惜每一份爱情。人类几千年的历史，道德标准在不断变化，爱情却从未改变。但应该分清楚爱和欲望。爱一个人，是为他付出；而欲望，是要得到和占有。

你可以爱上一个人，不用管他的年龄和外貌，也不用管他的地位和身份，但你不要想要占有他，想要占有就是欲望。欲望会让爱消失，爱消失后，你拥有的不再是美好，而是烦恼与痛苦。

无论如何，当爱情出现的时候，我们应心怀感恩。

死 DEATH 亡

从来没有什么比死亡更让人恐惧，但人们大多平时从不关心这件事，好像人人都不会死一样。

有人说自己不怕死，那是因为他没有真正面临过死亡的威胁。每个人都无比确定自己一定会死，但每个人似乎又都无比确定自己能活到明天。

虽然意外每天都在发生，但很少有人认为意外会发生在自己身上，包括那些因飞机失事或车祸丧生的遇难者们。

要不要为死亡做些准备？不要觉得晦气，做这件事不会让意外发生的概率增加，反而，可能会降低其概率。

你每天都在为各种事情做准备，准备明天的工作汇报，准备下午与爱人约会，准备孩子的晚餐，准备下个月的外出旅行，你几乎每年都在重复这些事，不厌其烦，但你从没想过为死亡做些准备吗？

你可以写封遗书，无论你现在年龄多大。告诉家人你的保险单号和银行密码，告诉他们你死后你的财产分配，告诉他们你有多爱他们，以及你希望大家如何生活下去。

当你认认真真把遗书写完，你算做好了死亡的初级准备。虽然这个准备很初级，但已经是一大步了。如果死亡突如其来，你的家人和朋友不至于手足无措。

为什么不去试试呢？可能只需要花费半小时。你已经在网剧和社交软件上浪费了多少个半小时啊。

但这还远远不够。写封遗书只是为他人准备，并非为自己准备。

我第一次坐飞机时，是单独一个人，我不知道去哪里检票、哪里安检、哪里登机、如何索要餐食……

还记得你第一次和异性发生亲密关系吗？一定是紧张不安的。死亡对你来说，也是第一次，那时你一定会更紧张、恐惧、手足无措。

你知道你死亡之时会发生什么变化吗？死亡之后又会发生什么？你真的不感兴趣吗？不要随意给自己一个答案，去探索它！

人

LIFE

生

人为什么会出生？人为什么会死？人为什么要活着？生活为何有解决不完的烦恼？

这些问题迟早会出现在头脑里。探索这些问题的答案，成了一件必然的事。

有人探索得明白，他们成了哲学家；也有些人，他们不屑一顾，依然按照自己的轨迹活着，直到临终一刻，他们开始回顾自己的一生，那些问题又出现在头脑里。

这些问题十分普遍，也并不难。人类几千年的探索，难道没有答案吗？当然有答案，而且有很多答案。只是这些答案本身没有意义，如果没有人会相信，就算相信答案是对的，又如何？这些问题需要的不是答案，而是探索。或者说，这些问题真正的答案，是探索答案本身。

要认真探索这些问题，一定要认真，一定要深入。只有深入，才能发现人生真正有意思的地方。否则，人每天生活着和蒙着眼睛拉磨的驴差不了多少。一旦深入，就会发现大自然的馈赠，那些顺境逆境都是馈赠。这些问题，就是一扇门。门后面，藏着意想不到的宝库，也藏着浩瀚无穷的虚空，就看你有没有胆识打开那扇门。

这是勇敢者的游戏。